빙인
code name

I'm unhappy...?

SPY ROOM

신부 로얄

스파이 교실

단편집 01

신부 로얄

스파이 교실

단편집 01

저자 **타케마치**
일러스트 **토마리**

CONTENTS

SPY ROOM
the room is a specialized institution of mission impossible
bride royale

프롤로그 신부 재판

사건은 평소의 훈련에서 시작됐다.

생물 병기 탈환 임무에서 귀환한『등불』의 소녀들은 열흘간의 휴가를 보내고 다음 임무에 대비해 과제를 수행하고 있었다.

―어떤 수단을 써도 좋으니 클라우스에게서『항복』이라는 말을 받아 낼 것.

그녀들의 훈련이란『등불』의 보스인 클라우스에게 승리하는 것이었다. 스파이의 실전으로 치환한다면 타깃에게서 원하는 정보를 얻어 내는 초보 중의 초보 기능. 하지만「세계 최강」을 자부하는 보스를 상대로 소녀들은 한 번도 달성하지 못한 과제였다.

어떻게 해서든 클라우스의 코를 납작하게 만들고 싶다!

그것이 그녀들의 목표였고 밤낮으로 몰두하고 있는 훈련이었다.

"……하지만 단순한 방법은 보스에게 봉쇄당해요. ……상대가 꼼짝 못 할 수단이 필요해요."

그렇게 분석한 것은 코드 네임『애랑』그레테.

유리 세공 같은 분위기를 풍기는, 사지가 가느다란 빨간 머리 소녀였다.

"즉, 취해야 할 수단은 하나……."

그녀는 팀의 참모로서 냉정한 판단을 내렸다.

"─보스와 저의 혼인 신고서를 제출하겠어요."

"그 말만 떼어 놓고 보면 제정신이 아닌 발언이야."

냉정하게 지적한 것은 코드 네임 『우인』 에르나.

마치 인형처럼 가련한 작은 체구의 금발 소녀였다.

"……아뇨, 에르나 씨."

그레테가 침착한 목소리로 반론했다.

"이건 필요한 행위예요. 호적상 아내가 되면 병원에 건강검진서 재발행도 요청할 수 있고, 생명 보험도 신청할 수 있어요. 보스를 공략할 방법이 더 늘어나겠죠……."

"그렇구나. 역시 그레테 언니. 완벽한 계획이야."

"일단 허니문을 예약하죠."

"사적인 감정이 느껴져!"

그런 대화를 나누며 두 사람은 구청의 민원여권과를 찾았다. 그레테는 가끔 보이는 환하게 웃는 얼굴로 혼인 신고서(위조), 위임장(위조), 신분증(위조)을 제출했다.

혼인 신고서를 받은 여성 직원은 「결혼 축하드립니다」라며 상냥하게 웃었다. 그녀는 콧노래를 부르며 안쪽 수납장으로 갔다.

"어라, 이상하네요……."

하지만 콧노래가 도중에 멎었다. 의아한 표정을 짓고서 그레테에게 돌아왔다.

구청 직원은 이상하다는 듯 고개를 갸웃했다.

"이 클라우스라는 남성분, 이미 결혼하신 것 같은데요……."

""응응응응응응응응응응응응응응응?!""
그레테와 에르나의 눈이 동시에 휘둥그레졌다.

─세계는 아픔으로 가득하다.

세계 대전이 종결되고 각국이 군대가 아닌 스파이에 중점을 두게 된 시대. 세계 대전의 피해국인 딘 공화국도 첩보 기관을 설립하여 각국에 스파이를 보내고 있었다.

『등불』은 그런 스파이팀 중 하나다. 자국에 거점을 두고 동포의 지원 요청에 응하여 달려가는 기관. 양성 학교 낙오자인 여덟 소녀와 보스 한 명으로 편성된 특수한 집단이었다.

이것은 그 『등불』의 나날에 일어난 소동.

생물 병기 탈환 임무와 『시체』 적발 임무 사이에 일어난 기이한 사건이다.

그레테와 에르나는 곧장 거점으로 귀환하여 발각된 사실을 동료에게 보고했다.

"선생님이 기혼자였다고요?! 의외예요!"

릴리가 눈을 동그랗게 떴다. 사랑스러운 외모와 풍만한 가슴이 특징인 은발 소녀였다. 코드 네임은 『화원』. 일단 『등불』의 소녀들을 아우르는 리더이기도 했다.

아지랑이 팰리스라고 불리는 호화로운 저택의 홀에서 멤버들이 속속 당황한 목소리를 냈다.

"그, 그야 확실히 결혼했어도 좋을 나이이긴 한데."

"하지만 놀랍습다……."

"나님, 형님은 외톨이인 줄 알았어요!"

소녀들 사이에서 클라우스는 고고한 이미지가 강했다.

예전 소속팀인 『화염』이라는 팀에 집착하긴 하지만 그 외에 친한 사람이 전무했다. 연인이나 친구의 자취는 없었다. 임무와 훈련 외에는 유화 앞에 앉아 있다는 인상이었다.

"흐응, 설마 클라우스 씨가 결혼했을 줄이야."

코드 네임 『빙인』 모니카가 냉정하게 코멘트했다.

비대칭 헤어스타일 말고는 특징이 없는 평범한 체격의 청은발 소녀였다.

당황하는 팀원들을 보며 그녀는 대담하게 웃었다.

"조사가 부족했나 보네. 뭐, 어쨌든 할 일은 하나야."

모니카가 「안 그래?」라며 주위를 보았다.

다른 소녀들도 고개를 끄덕여 동의했다.

"네! 당장 부인을 유괴해서 선생님을 협박하죠."

"틀렸어! 선생님의 불륜을 날조하는 게 먼저야."

"나님, 부인의 친정집에 폭탄을 설치하고 올게요!"

"너희는 피도 눈물도 없는 건가."

장신 장발의 아름다운 남성이 뒤숭숭한 제안에 끼어들었다.

테이블을 둘러싼 소녀들 옆에서 그는 어이없다는 표정을 짓고 있었다. 팀 『등불』의 보스이자 소녀들의 교관, 그리고 이 화제의 장본인인 클라우스였다.

「선생님! 어느새?!」 하고 릴리가 말했다.

「아까부터 있었어」 하고 클라우스가 대답했다.

그는 못 말린다는 듯 고개를 가로저었다.

"시시한 말썽을 일으키기 전에 말해 두겠어. 단순히 호적상으로만 결혼한 거야. 임무 때문에 결혼했을 뿐, 부부 생활은 존재하지 않아."

"아, 그렇군요. 소위 말하는 위장 결혼이란 거네요."

릴리가 짝 손뼉을 쳤다.

다른 소녀들도 납득했는지 고개를 끄덕였다.

스파이가 위장 결혼을 하는 것은 드문 일이 아니었다. 잠입 임무를 수행할 때 기혼자인 척 연기하는 일은 흔했다. 사교 파티 등은 부부 동반이 참가 조건일 때도 있었다.

"훈련이라고는 하지만 내 호적은 너무 건드리지 마. 얘기는 이걸로 끝이다."

그 말을 남기고서 클라우스는 소녀들에게 등을 돌렸다.

의문이 풀려서 소녀들은 납득하고 한숨을 쉬었다.

역시 클라우스는 독신이다. 멤버 중에는 무의식적으로 안도하는 자도 있었지만—.

"⋯⋯아뇨, 아직 의문이 있어요."

그레테가 날카로운 목소리로 말했다.

클라우스가 발을 멈췄다.

"뭐지?"

"호적 기록을 조사했습니다⋯⋯. 보스가 입적한 것은 두 달 전. 『등불』이 결성된 직후입니다. 그리고 그 여성은 18세로 상당히 젊었습니다."

그레테가 술술 정보를 읊었다.

"보스가 결혼한 사람은 어쩌면—."

"역시 눈치가 좋군."

클라우스가 고개를 끄덕였다.

"네가 추측한 대로야. —나는 『등불』의 누군가와 결혼했어."

"""""""으에에에에에에엑?!"""""""

"다시 말하지만 그저 호적상의 얘기야. 본인도 숨기고 싶어 하는 것 같고, 너무 캐내려고 하지 마."

"그래도 말이죠."

릴리가 불만스럽게 입술을 삐죽였다.

"원래는 훈련의 일환으로 조사한 건데요⋯⋯."

"그 자세는 훌륭하지만 과도한 의욕은 금물이야. 휴가를 보냈다고는 하지만 임무를 끝낸 참이잖아. 나이에 걸맞은 청춘을 누려도 좋아. 요 두 달간 그럴 시간도 없었을 테지."

클라우스는 상냥한 표정으로 설명했다.

—다시 말하지만 이것은 생물 병기 탈환 임무와 『시체』 적발 임무 사이에 일어난 소동이다.

—실력이 부족한 소녀들을 임무에 참가시키지 않고 클라우스 혼자서 수행하던 시기다.

클라우스의 설명을 듣고 릴리는 입을 다물었다.

"음……."

팔짱을 끼고 낮게 침음을 흘렸다. 과장되게 생각에 잠긴 모습을 보이고서 릴리는 미소 지었다.

"……선생님 말이 맞아요."

온화한 표정으로 동료들에게 말했다.

"본인도 비밀로 하고 싶은 모양이에요. 《신부》가 누군지는 찾지 말기로 할까요."

릴리의 제안에 다른 멤버들도 미소 지었다.

교관의 분부를 따르는 제자들을 보고 클라우스도 「—극상이야」라며 웃음 지었다.

클라우스가 홀을 떠난 후, 릴리가 선언했다.

"자, 반드시 《신부》를 밝혀내는 거예요!"

"그럴 줄 알았어."

코드 네임 『몽어』 티아가 어이없어하며 말했다.

굴곡이 확실한 자태를 가진, 고아한 색향을 풍기는 흑발 소녀였다.

"하지만 의외네. 그레테라면 몰라도 릴리가 선생님의 《신부》에게 관심을 가지다니."

"실은 소각로에서 이런 게 나왔어요."

그렇게 말하며 릴리가 꺼낸 것은 봉투였다.

타고 남은 이름을 보아하니 상류 계급의 파티 초대장인 듯했다. 주최자는 이 나라에서 유명한 미식가였다. 부부 동반이 필수인 파티였다.

아무래도 클라우스는 이곳에 잠입하여 방첩 활동을 벌인 모양이었다.

즉—.

"《신부》는 선생님의 임무에 따라가서 호화로운 디너를 먹은 거예요!"

"식탐 때문이었구나."

티아는 이마를 짚고 한숨을 쉬었다.

"하지만 임무에 참가할 수 있는 건 부럽네."

그저 클라우스를 따라가는 것뿐일지도 모르지만 《신부》는 임무에 참가하고 있는 모양이었다.

좀처럼 임무에 같이 가지 못하는 멤버들이 생각하기에 그건 귀

중한 체험이었다. 티아 뿐 아니라 에르나와 모니카도 불만스러워 보였다.

연인 역할, 호화 파티, 임무―《신부》에게는 특전이 많은 듯했다.

"자신이 《신부》라고 밝히실 분 없나요~? 화내지 않을게요~."

릴리가 멤버들에게 말했다.

하지만 대답하는 인물은 나타나지 않았다.

서로 의심스러운 시선을 주고받을 뿐이었다. 이 안에 있는 건 틀림없는 것 같지만―.

"……음, 그럼 어쩔 수 없네요."

소녀들은 누가 그러라고 하지도 않았는데 홀에 놓인 원형 테이블에 둘러앉았다. 의자를 균등하게 늘어놓아 원을 그렸다.

릴리가 테이블에 양쪽 팔꿈치를 올리고 깍지를 꼈다.

"이렇게 된 이상, 철저히 얘기를 나누죠! ―《신부》 재판 개정이에요!"

다른 소녀들도 이의를 제기하지 않았다.

그녀들의 마음은 하나였다.

―클라우스와 결혼한 《신부》를 밝혀내고 싶다!

여하튼 수상했다. 클라우스는 어디까지나 『호적상의 결혼』이라고 강조했지만, 그렇다면 왜 《신부》는 정체를 밝히지 않는 걸까? 어렴풋한 연심이 있는 걸지도 모른다. 엄청나게 신경 쓰인다!

잠정적으로 의장이 된 릴리가 크흠, 헛기침했다.

"일단 각자 《신부》라고 생각하는 사람을 지목할까요?"

원탁에 둘러앉은 소녀들은 일제히 손가락을 들었다.

그 결과 비명을 지른 것은—.

"내 표, 왜 이렇게 많아?"

3표 획득. 야수처럼 탄탄한 체구와 날카로운 눈초리를 가진 백발 소녀. 코드 네임『백귀』지비아.

"저, 저 말임까?"

똑같이 3표 획득. 작은 동물 같은 동글동글한 눈과 구불구불한 갈색 머리가 특징적인 소녀. 코드 네임『초원』사라.

일단 릴리와 모니카가 한 표씩 획득했지만, 이미 소녀들의 관심은 지비아와 사라에게 가 있었다.

즉각 릴리가 외쳤다.

"고문관!"

"나님, 멋진 발명품을 준비했어요!"

코드 네임『망아』아네트가 일어났다. 머리는 난잡하게 묶고, 커다란 안대를 차고, 천사처럼 웃는 회분홍 머리 소녀였다.

아네트는 일단 홀에서 나가더니 커다란 휠체어를 밀며 돌아왔다.

"나님 특제 전기의자예요!"

"전혀 재판이 아니잖아!"

지비아가 타당한 지적을 했다.

확실히 재판은 아니었고, 애초에 《신부》는 기본적으로 결혼 직후의 여성을 가리키는 말이므로『아내』나『배우자』가 적절했다. 전부 즉흥적으로 진행하는 소녀들의 나쁜 버릇에서 비롯한 오류였다.

"다만 제가 기억하기로……."

그레테가 냉정하게 코멘트했다.

"······혼인 신고서가 제출된 시기에 두 분 다 보스와 친밀한 시간이 있었어요. 지비아 씨는 소매치기 소동 때, 사라 씨는 저택 수선배를 전후에······."

"윽······."

"그건, 그렇지만······."

날카로운 지적에 지비아와 사라가 주춤했다.

다른 소녀들이 「설명해라! 설명해라!」라며 야유를 보냈다.

릴리가 다시 외쳤다.

"고문관!"

"나님, 크게 서비스해서 전압 두 배로 갈게요!"

"알겠어! 얘기할게, 얘기한다고!"

"저도 전기의자는 싫습다!"

지비아와 사라는 자포자기한 기색으로 변명하기 시작했다.

그리고 각각 에피소드를 이야기해 나갔다.

이리하여 클라우스의 《신부》를 둘러싼 소녀들의 논의가 시작되었다—.

1장 case 지비아

"역시 심야에 습격해야지. 잠들었을 때를 노리자."

"그건 두 번이나 실패했잖아. 내가 생각하기에 정공법은 포기해야 해. 클라우스 씨는 술 같은 거 안 마셔? 독을 탈 수 없을까?"

"나님, 애인을 유괴해도 좋을 것 같아요!"

"다른 사람을 끌어들이는 건 내키지 않네요……. 실제로 유괴하지 않고 협박하는 건 어떨까요? 『이 머리 장식 익숙하지 않나요?』하고 착각을 유도해서."

"애초에 선생님한테 애인이 있을까? 아니지, 만들게 하면 돼."

살벌한 갱단의 대화가 아니었다. 스파이 소녀들의 훈련이었다.

저택의 대형 홀에서 테이블을 둘러싸고 여덟 소녀가 말을 맞부딪쳤다. 그녀들은 저택의 평면도를 가리키며 타깃을 덮칠 계획을 짜고 있었다.

타깃은 한 남성— 클라우스.

『등불』의 보스. 소녀들을 아우르는 신원 불명의 남자였다.

왜 소녀들이 자신의 보스를 덮칠 계획을 짜고 있는가? 여기에는 이유가 있었다.

원래 『등불』 결성 당시에는 클라우스가 소녀들을 지도할 예정이었다. 하지만 피치 못할 이유로 좌절되었고, 대체안으로 생겨난 것이 이 훈련 방식이었다.

—어떤 수단을 써도 좋으니 클라우스에게서 『항복』이라는 말을 받아 내는 것.

독을 타도 되고, 도박으로 파산시켜도 된다. 미인계로 파멸시키도 된다. 스파이의 실전과 똑같았다. 온갖 수단이 긍정되었다.

클라우스 타도— 그게 바로 소녀들의 과제였다.

"으음~ 이번에는 심플한 돌격이 좋을 것 같아요."

소녀들의 리더 릴리가 의견을 정리했다.

그녀는 동료들을 향해 명랑하게 웃으며 고개를 살짝 갸웃했다.

"하지만 일단은 선생님을 꾀어내야 하는데…… 뭐라고 말해야 할까요?"

"미인계는 어때?"

백발 소녀가 제안했다.

"『선생님의 커다란 손으로 마사지해 주세요……』라고 알랑거리면서 가슴이라도 주물럭거려 달라고 해."

"싫어요!"

릴리의 얼굴이 새빨개졌다.

"여기서 안 쓸 거면 뭐 하러 키웠어?"

"자연스럽게 큰 거예요!!"

"미인계가 무리라면 역시 거짓말이려나. 『용건이 있으니 방으로 와 주세요』라는 식으로."

"그 정도라면야……."

미인계보다는 낫네요, 하고 릴리가 팔짱을 꼈다.

낮게 끙 소리를 낸 후, 그녀는 눈을 깜빡였다.

"으음~ 하지만 성공할까요? 선생님은 어떤 연기든 간파하잖아요."

"괜찮아, 괜찮아. 이 파우치를 가져가."

계책을 제안한 백발 소녀가 테이블에 있던 파우치를 던졌다. 잠그는 부분이 망가져 있었다. 소도구로 쓸 수 있을 듯했다.

그 후 작전이 정리되었다.

릴리가 타깃을 불러내고 다른 소녀들이 다 같이 습격한다.

단순하면서 표준적인 계획이었다.

타깃인 클라우스는 창고에 있었다. 저택 1층 구석에 있는 작은 방이었다. 임무에 쓸 도구를 정리하고 있는 것 같았다. 다시없을 기회였다.

소녀들은 무기를 들고 복도에 숨었다. 긴 복도에는 숨을 공간이 수두룩했다. 기둥, 난로, 캐비닛 뒤쪽 등 숨을 장소를 찾아서 타깃이 나오는 순간을 기다렸다.

긴장된 분위기 속에서 릴리는 파우치를 움켜쥐고 창고로 향했다.

"선생님! 부탁이 있어요! 파우치가 망가져서 그런데, 제 방에서 고쳐—"

릴리의 말은 거기서 끊겼다.

실내에서 파열음이 났다. 풍선이 터지는 듯한 소리가 나며 문틈으로 빨간 분말이 날았고.

"파우치가 폭발하고 고춧가루가아아아!"

릴리의 절규가 울렸다.

"""""""…………."""""""

다른 소녀들이 일제히 시선을 보냈다. 파우치를 준비한 백발 소녀에게.

"이런 생각이 들었거든."

그녀는 자랑스러워하는 얼굴로 멤버들에게 고글을 던졌다.

날카로운 눈초리와 거칠게 잘린 짧은 백발을 지닌 소녀. 군살 따위 전혀 없는 탄탄한 체구와 위압적인 눈이 특징적이었다. 그 늠름한 자세는 초원을 달리는 아름다운 야수를 연상시켰다.

이름은— 지비아. 코드 네임은『백귀』. 이번 계획을 세운 사람이었다.

그녀는 고개를 끄덕이며 진짜 계획을 밝혔다.

"타깃이 어떤 연기든 간파한다면 아무것도 모르는 녀석을 돌격시키면 돼. —이름하여 동료째 폭파 작전!"

"""""""우와……."""""""

다른 소녀들이 질색하는 것을 아무렇지도 않게 무시하고서.

지비아는 고글을 썼다.

"자, 릴리의 순직을 허사로 만들지 말자고! 타깃의 눈이 안 보이는 틈에 구속해!"

드높은 호령에 이어 소녀들은 클라우스에게 달려갔다.

"이미 생긴 희생은 어쩔 수 없지."

"안심하고 세상을 뜨렴."

"나님, 릴리 누님과의 추억을 잊지 않을 거예요!"

"릴리 선배는 안 죽었슴다."

당황하던 소녀들도 마음을 다잡고 창고에 돌입했다.

뭐든 가능한 속임수 싸움─.

그것이 바로 그녀들의 훈련이었다.

─『등불』 결성 직후, 「나를 쓰러뜨려라」라는 과제를 받고 나흘이 지났을 때의 일이다.

처음에는 간단히 달성할 수 있으리라고 얕보고서 덤볐지만 점차 높은 난이도를 인식하기 시작한 상태였다. 클라우스는 「세계 최강」이라고 자칭할 만한 실력을 가지고 있었다. 그의 강함은 이제 의심할 여지가 없었다.

한편 어마어마한 실력 차이에 소녀들이 주눅 들기 시작한 무렵이기도 했다.

훈련에 회의감이 들고 간신히 유지하고 있던 자신감은 상실되었다.

소녀들 중에는 여전히 클라우스를 믿지 못하는 자도 있는─ 그런 시기였다.

◇◇◇

습격으로부터 10분 후―.

"……고춧가루 폭탄을 피했을 줄이야."

"원통하도다아아아아!"

다시 대형 홀에 돌아온 소녀들은 반성회를 열고 있었다.

결론부터 말하자면 참패였다.

아무것도 모르는 릴리가 들고 있던 파우치가 폭발하여 특제 최루 파우더가 방에 충만해지며, 릴리와 함께 타깃의 시력을 빼앗을 터였지만― 타깃은 재빨리 반응했는지 창문으로 탈출한 상태였다. 고글을 쓰고 창고에 돌입한 소녀들은 똑같이 고글을 쓰고 돌아온 타깃과 대면하여 눈 깜짝할 사이에 반격당했다.

그 결과 릴리의 희생은 허사가 되었다.

그녀는 눈물 콧물 범벅이 된 얼굴로 지비아에게 따져 들었다.

"악마! 사람도 아니야! 동료를 폭탄으로 바꾸고서 양심에 찔리지도 않나요!!"

"물론 미안하다고 생각은 하지만."

지비아는 릴리를 말리면서 대답했다.

"실제로 그게 최선이었잖아? 그 녀석에게 어중간한 연기는 통하지 않아. 만약 너한테 폭탄의 존재를 가르쳐 줬다면 더 간단히 간파당했을걸?"

"그, 그건 부정할 수 없지만……."

"무지한 인간을 조종하는 건 실전에서도 쓰는 방법이고."

비겁함 따위 없다. 그게 스파이다.

계율도 기사도도 존재하지 않는다. 미인계, 암살, 변장, 협박, 유괴, 잠입, 통신 도청. 온갖 수단을 사용하여 미션을 성공시키는 것이 그녀들의 정의였다.

어떤 의미에서 이 훈련은 한없이 실전에 가까웠다.

"좀 더 연출에 신경을 써야 했는데."

지비아는 천장을 올려다보며 중얼거렸다.

"의외성이 필요해. 강변에서 치고받은 릴리와 타깃이 화해의 악수를 한 순간에 폭발…… 릴리가 고백해서 두 사람이 키스하는 순간에 폭발…… 잃어버린 강아지를 릴리가 한겨울에 밤새 찾아다니고 타깃이 그 어깨를 따뜻하게 안아 주는 순간에 폭발……."

"왜 희생자가 매번 저인 거죠?"

"그렇게 화내지 마. 사과하는 의미로 오늘 밤 식사 당번 대신해 줄게."

"……제 밥은 곱빼기로 부탁해요."

"고추가 남아서."

"정말로 사과할 생각이 있는 건가요?"

지비아와 릴리로부터 시작된 입씨름은 이윽고 모든 소녀에게 퍼졌다. 반성할 점을 찾고 다음 습격 계획을 짜 나갔다.

—제안, 계획, 조사, 행동, 실패, 반성, 재시도.

그걸 반복하며 소녀들은 레벨업을 노렸다.

그리고 흥이 오른 소녀들은 지비아가 분한 얼굴로 중얼거린 「꽤 좋은 아이디어라고 생각했는데 말이지……」라는 말을 듣지 못했다.

하루의 끝, 지비아는 자기 방으로 돌아와 침대에 대자로 누웠다.

몸에서 힘을 빼고 멍하니 천장을 올려다보았다.

"오늘도 힘들었어……."

소녀들에게는 한 사람당 하나씩 침실이 배정되어 있었다. 거대한 저택에는 방이 남아돌았고, 그녀들은 거기서 집단생활을 보내고 있었다.

푹신푹신한 침대는 몸이 푹 가라앉아서 방심하면 바로 숙면에 들 것 같았다.

새삼 호화로운 생활임을 의식했지만, 무슨 조건으로 이 생활을 얻었는지도 의식하게 되어 머리가 무거워졌다.

동료를 희생한 습격— 지비아가 이런 과격한 수법을 고른 이유는 하나였다.

—불가능 임무.

『등불』이 도전할 임무의 통칭이다.

호화로운 저택 생활과 맞바꿔 기다리는 운명.

—성공률 10% 미만, 사망률 90%의 초고난도 임무.

상세한 내용은 아직 듣지 못했지만, 이 임무를 위해 그녀들은 분

초를 아끼며 훈련에 힘쓰고 있었다. 밤낮을 불문하고 계속 싸우고 있었다.

그런데도 실패의 연속이었다. 소녀들이 다 함께 덤벼도 스파이 한 명 쓰러뜨리지 못했다.

그래서 초조했다. 기한은 4주도 안 남았는데 성장한 것 같지 않았다.

"이게 일류 스파이의 레벨인가……."

훈련하면서 현실을 수없이 직시했다.

—타깃인 클라우스는 괴물 수준이다.

운동 능력, 기지, 직감, 전부 압도적이다.

소녀 전원이 단검을 들고 달려들어도 반격했고, 부비트랩을 잔뜩 준비해도 간파했고, 한 소녀가 요염한 자태로 유혹해도 동요하지 않았다.

클라우스가 특별한 존재인 것은 틀림없었다.

하지만 임무 중에 클라우스와 동등한 적을 만난다면 어떻게 될까. —파멸이다.

다가오는 운명에 한기를 느끼고 침대 옆에 세워 둔 사진으로 손을 뻗었다.

평범한 바다 사진— 그 뒤쪽에 그녀가 정말로 보고 싶은 사진이 있었다. 액자를 분해하여 그 사진을 꺼내자 마음이 따뜻해졌다.

혼잣말이 나왔다.

"언니가 힘낼게……."

누구도 듣지 않을 결의였다.

하지만 뒤에서 대답이 돌아왔다.

"어? 지비아. 언니 속성이었어요?"

"허?"

침대에서 벌떡 일어나 목소리의 주인에게 시선을 보냈다.

문을 연 자세 그대로 릴리가 굳어 있었다.

"아, 죄송해요. 노크해도 대답이 없길래."

변명하듯 그녀가 중얼거렸다.

"아~ 완전히 긴장을 풀고 있었어."

너무 방심했다. 누가 본다고 곤란한 사진은 아니지만 어쨌든 쑥스러웠다.

지비아는 다시 침대에 쓰러졌다.

릴리는 문을 닫고 침대로 달려와 사진을 들었다.

지비아를 포함한 세 아이가 하얀 건물을 등지고서 웃고 있는 사진이었다.

"동생들인가요……?"

"맞아."

지비아는 침대에 누운 채 긍정했다.

"고아원에 있을 때 찍은 사진이야."

릴리는 「흐응~」 하고 태평한 소리를 내며 사진을 보았다. 부드럽게 웃고 있었다. 분명 자신과 비교하며 귀여운 동생들이라고 생각하고 있을 것이다.

"굉장히 옛날 사진이네요~ 지비아가 쪼끄매요."

"……최근에는 별로 돌아가지 않으니까."

"동생들은 언니가 스파이라는 걸 아나요?"

"아니. 떠날 때 시골 마을의 탐정 사무소에 취직한다고 설명했어."

기본적으로 스파이는 가족에게도 신분을 밝히지 못한다. 만약 정보가 새면 생각지 못한 위험이 닥칠 수도 있다.

「그게 규칙이긴 하죠」라며 릴리도 쓸쓸한 목소리로 말했다.

"응. 하지만 그 녀석들도 어렴풋이 눈치챘을 거야. 헤어지면서 약속했거든. 갑부가 돼서 언젠가 다 같이 행복하게 살자고."

"오~ 좋은 얘기네요."

"뭐, 헛돌고 있을 뿐이지만."

양성 학교에 다닐 때는 잘하겠다는 마음만 앞서서 주위 사람들에게 너무 모질게 대했다. 시험 칠 때 연계가 안 되어 성적이 나빴고, 거기다 문제까지 일으켜서 어느새 퇴학 직전에 몰려 있었다.

강해지고 싶다는 의욕은 있다. 그만큼— 실패가 괴로웠다.

"솔직히 불안하기만 해."

저도 모르게 한심한 목소리를 냈다.

"이대로는 안 돼. 하지만 어쩌면 좋을지 모르겠어. 강해지고 있다는 생각이 안 들어. 이런 훈련에 의미가 있는 걸까? 그 남자를 정말 믿어도 되는지도, 아직……."

거기까지 말했다가 자신이 너무 많이 떠들었음을 깨달았다.

옆을 보니 릴리가 눈물을 글썽거리고 있었다. 손수건으로 눈가를 닦았다.

"지비아는 착한 아이네요……."

"뭐, 뭐야……?"

"지비아를 오해하고 있었어요. 죄송해요. 지금까지 야만스럽고 거친 오랑우탄이라고 생각했어요."

"지금 당장 뉘우치고 생각을 고쳐."

"마음씨 착한 오랑우탄이었군요."

"고쳤으면 하는 부분은 거기가 아니야!"

호통쳤지만 릴리는 한없이 마이페이스였다.

"괜찮아요. ─우리는 강해지고 있어요!"

생글거리며 지비아의 손을 잡았다. 눈이 반짝이고 있었다.

"그렇게나 강한 선생님과 부딪치면서 성장하지 않을 리가 없어요. 앞으로도 성장할 거예요. 저희는 불가능 임무를 달성하고 많은 급료를 받을 거예요!"

"어, 응……."

너무나도 긍정적인 말에 지비아는 압도되었다.

"일단 먼저 선생님을 쓰러뜨려 버리죠."

릴리는 지비아의 손을 놓고 그 큰 가슴을 쭉 폈다.

"훗훗훗, 그걸 위한 작전은 멋진 리더 릴리가 준비해 뒀어요! 도시락과 함께 말이죠!"

"도시락?"

"응원하는 의미에서요. 아무튼 이번 작전의 주역은 지비아니까요!"

처음부터 이 말을 하려고 온 듯했다.

유난히 자신감 넘치는 말투로 릴리는 다음 습격 계획을 발표했다.

이튿날 아침, 지비아는 아지랑이 팰리스를 슬쩍 빠져나왔다.

저택은 딘 공화국이라는 소국의 항구 도시에 있었다. 해외로 나가는 현관문이라 공화국 내에서 세 번째로 번성한 곳이었다. 수입품을 취급하는 무역상이 모일 뿐만 아니라 항만 노동자가 되려고 이주해 온 사람도 많아서 빈부가 뒤섞인 잡다한 거리를 형성하고 있었다.

소녀들은 종교 학교의 학생이라는 가짜 신분으로 지내고 있었다.

지비아는 때를 벗은 여학생인 척 위장하고서 휴일이라 북적이는 길목을 걸었다.

『아네트가 통신을 도청했어요.』

작전은 릴리가 설명해 줬다.

『선생님은 내일 거리에서 기밀문서를 받는 것 같아요. 그 문서가 든 봉투를 훔쳐 버리면 난처해진 선생님은 「항복」이라고 말할 거예요. 싸우지 않고 승리할 수 있어요.』

납득했다. 좋은 아이디어였다.

기밀성이 높은 정보는 직접 만나서 주고받는 게 기본이다.

설령 자국이더라도 적국의 스파이가 어디에 숨어 있을지 모른다. 우편이나 통신을 사용하면 누설될 우려가 있었다. 클라우스는 거리 어딘가에서 직접 정보를 받을 터다.

그 기밀문서를 훔치기만 한다면—.

지비아의 시야에 정장을 입은 클라우스의 뒷모습이 보였다. 평소에 풍기는 위압감이 거짓말처럼 사라져서 길을 가는 뒷모습은 어디서나 볼 수 있는 흔한 청년 같았다.

클라우스는 아주 자연스럽게 페인트 가게에 들어갔다.

그러자 가게 주인이 안쪽에서 페인트통을 하나 가져왔다.

'페인트 용량에 비해 주인의 발걸음이 가벼워……'

아마추어일 것이다. 국내에 숨어서 활동하는 협력자라면 그 정도 수준인가.

페인트통 안에 다른 것이 들어 있음은 명백했다.

'즉, 저게 기밀문서야……'

클라우스는 대금을 지불하고 바로 페인트통을 가방에 넣었다.

역시 철저했다. 기밀문서를 훔치려면 가방을 통째로 훔치는 게 빠를 듯했다.

클라우스는 큰길로 나가 거침없이 걸어갔다. 때때로 교통량이 많은 도로를 건넜다. 자동차 사이를 빠져나갔다.

뒤쫓기도 힘들었다.

지비아는 열심히 미행하며 가방을 훔칠 타이밍을 쟀다.

만약 클라우스가 이대로 귀가한다면 바로 페인트통을 열고 문서를 확인한 뒤 파기할 것이다. 외출 중일 때 기밀문서를 뺏어야 했다.

그 기회는 도시 중앙의 공원에서 찾아왔다.

"저기, 주스 안 필요하세요?"

그렇게 여자아이가 말을 걸어왔다. 지비아—가 아니라 클라우스에게.

운이 좋다고 생각하며 지비아는 주먹을 쥐었다.

클라우스는 바로 귀가하지 않았다.

도시 중앙의 커다란 광장에 들러 잔디밭에 앉았다. 그리고 가방에서 포장지에 든 빵을 꺼냈다. 잔디밭에서 쉬며 우아하게 점심을 먹으려는 것 같았다.

다망한 클라우스의 보기 드문 휴식이었다. 숨은 취미인 걸까.

그때 작은 여자아이가 클라우스에게 말을 걸었다.

"신선한, 오렌지 주스예요."

혀짤배기 말투였다.

여덟 살 정도 되어 보이는 여자아이가 얼굴을 붉히고서 클라우스에게 말했다. 지저분한 연노란색 드레스를 입은 아이였다. 빈곤층이라는 걸 바로 알 수 있었다.

지비아는 근처 나무 그늘에 숨어서 귀를 쫑긋 세우고 대화를 들었다.

"……."

클라우스의 목소리는 들을 수 없었지만 동의한 것 같았다. 가방에서 지갑을 꺼내 동전을 내밀었다. 지갑은 바로 가방에 다시 넣었다.

아이는 꽃이 피어나듯 천진난만하게 활짝 웃었다. 그리고서 청결하지는 않을 유리잔을 주머니에서 꺼내더니 껴안고 있던 물통을 기울여 주스를 따랐다.

"아!"

좋지 않은 소리가 났다.

아이가 주스를 흘린 듯했다. 클라우스의 발에 튀어 있었다.

"죄, 죄송해요……."

아이가 울 것 같은 얼굴로 클라우스의 발치에 쭈그려 앉았다.

"……"

클라우스는 주스를 흘린 여자아이에게 정신이 팔린 것 같았다. 뒤쪽에 둔 가방의 존재를 잊은 것처럼 보였다.

더할 나위 없는 기회였다. 그야말로 천재일우. 훔칠 거면 지금뿐이다.

지비아는 나무 그늘에서 빠져나와 기척을 지우고 소리 없이 클라우스 뒤쪽으로 다가가 가방으로 슬그머니 손을 뻗었고―.

"어?" "허?"

손과 손이 부딪쳤다.

지비아의 손과 주스팔이 소녀의 손이 충돌했다.

시간이 멈춘 것처럼 느껴졌다.

지비아는 굳어서 소녀와 마주 보았다.

"너―."

지비아가 입을 열었을 때― 누군가가 이마를 튕겼다.

손끝으로 가볍게 민 정도였지만 마법처럼 균형이 무너지며 엉덩방아를 찧었다.

물론 누가 한 짓인지 의문스러워할 필요도 없었다.

"—극상이야."

마음을 강하게 흔드는 낮은 목소리가 났다.

아름다운 남자였다.

호리호리한 체격을 무시한다면 여성으로 잘못 볼 것 같았다. 어깨까지 기른 장발이 그 아름다운 얼굴을 가리고 있었다. 『등불』의 보스— 클라우스였다.

"훌륭한 솜씨야."

그는 만족스러운 표정으로 지비아를 내려다보았다.

"미행은 너무 가깝지도 멀지도 않은 거리를 계속 유지했어. 실패로 끝났지만 훔치는 움직임도 훌륭해. 완전히 기척을 지웠고 소리도 없었어. 반할 정도야."

담담히 이야기한 그는 잔디밭에 주저앉은 지비아에게 손을 내밀었다.

지비아는 한숨을 쉬고서 그 손을 잡고 일어났다.

"……칭찬한다는 건 내가 미행하고 있다는 걸 줄곧 알고 있었다는 거잖아."

"아지랑이 팰리스를 나왔을 때부터 알았지."

"처음부터 알았던 거냐!"

결국 전부 간파당했던 모양이다. 이래 놓고 칭찬해도 약만 오를 뿐이었다.

클라우스는 팔짱을 끼고 눈을 감았다.

"음, 그럼 미행의 요령을 하나 전수하기로 할까."

"아니, 됐어."

"날아다니는 나비를 예뻐하듯이 하면 돼."

"당신의 지도는 와닿지가 않는다고!"

"훗. 발끝을 알맞게 안배하라고 바꿔 말해도?"

"어디에서 이해할 가능성을 본 거야……?"

이거였다. 소녀들이 멀쩡한 훈련을 할 수 없는 이유.

클라우스의 **압도적인 지도력 부족**―.

그는 매우 우수한 스파이다. 그 실력은 미지수인 부분이 많지만 어쨌든 「세계 최강」을 자칭할 만한 실력을 가지고 있었다. 하지만 그에 따른 문제도 있었다.

보통 사람과 감각이 너무 달랐다.

셔츠 입는 법이나 단추 잠그는 법을 말로 설명하기 어려운 것처럼 그는 스파이 기술을 가르치지 못했다.

설명하려고 해도 『그냥』이라든가 『알맞게』라는 식으로 대략적인 해설이 되어 버렸다.

그 결과 『등불』은 실전 같은 훈련을 하게 되었다.

"아무튼 노림수는 나쁘지 않았어. 남은 건 바늘로 찌르는 듯한 속도야."

정리하듯 클라우스는 말했다.

"그렇게 엉성한 조언을 받아도 말이지……."

지비아는 어이없어할 수밖에 없었다. 혀를 차고 싶은 기분을 꾹

참았다.

'정말로 이 녀석 밑에서 강해질 수 있을까……?'

계획은 이미 실패했다.

이번에도 완패다. 타깃이 이렇게나 눈치챘는데 기밀문서를 훔치기는 어렵다.

'성장하고 있다는 실감이 전혀 안 들어.'

릴리가 『우리는 강해지고 있다』고 말했지만 그저 위안 삼아 한 말일 것이다. 무한히 계속될 듯한 반격당하는 루프 속에서 자신이 향상되고 있다는 생각은 안 들었다.

애타는 초조함은 커질 뿐이었다.

하지만 지금 신경 쓰이는 것은—.

'그보다 이 주스팔이 꼬맹이…….'

지비아는 얼떨떨한 얼굴인 여자아이 쪽으로 시선을 내렸다.

눈을 맞추지 못하고 자꾸만 땅을 보는 아이였다. 몸의 선이 가늘어서 후 불면 날아갈 것 같은 위태로움이 느껴졌다. 두 사람의 대화를 전혀 이해할 수 없는지 멍하니 있었다.

"야, 너 혹시……."

"윽, 넵!"

아이가 괴상한 목소리를 냈다.

굉장히 긴장한 모습이었다. 치맛자락을 꽉 움켜쥐고 있었다.

"아니, 그렇게 겁먹지 않아도 돼."

괴롭히고 있는 기분이 들었다. 머리라도 쓰다듬어 주려고 손을 들었다.

"힉!"

그러자 아이는 비명을 지르더니 그 손에서 도망치듯 클라우스 쪽으로 뛰었다.

뭔가가 뭉개지는 소리가 났다. 아이가 도망치면서 클라우스의 빵을 밟았다. 아, 하고 잠긴 목소리가 들렸다.

직후, 아이의 눈에서 눈물이 넘쳐흘렀다.

"어, 어이……."

당황하는 지비아를 내버려 두고서 아이가 울기 시작했다. 그 자리에 주저앉아 훌쩍거렸다.

옆에 선 클라우스가 차가운 눈길을 보냈다.

"울렸군."

"어? 내가 잘못한 거야?!"

"걱정하지 마. 네 행위는 다정해. 얼굴이 그보다 더 무서울 뿐이야."

"……위로하는 척하면서 굉장히 상처 주는 말을 했어."

클라우스는 작게 고개를 끄덕이더니 잔디밭에 한쪽 무릎을 꿇었다. 그리고는 기계처럼 무감정한 평소의 목소리와는 딴판인 아주 상냥한 목소리로 말했다.

"꼬마 아가씨, 고양이 좋아해?"

아이가 바로 얼굴을 들었다.

그런 상냥한 목소리도 낼 수 있는 거냐. 지비아는 의외라고 느꼈다.

클라우스는 한쪽 무릎을 꿇은 채 아이의 치맛자락을 잡았다. 자세히 보니 올이 풀려 있었다. 상당히 오래 입은 듯했다. 클라우스의 손에는 바늘과 실이 들려 있었다.

아이는 흥미진진한 모습으로 클라우스의 손끝을 바라보았다.

그 후에 보여 준 솜씨는 놀라웠다. 클라우스는 엄청난 속도로 치맛자락을 꿰매 나갔다. 막힘이 없었다. 순식간에 치맛자락에 귀여운 고양이 자수가 완성되었다.

"와~."

아이의 얼굴에 삽시간에 웃음이 떠올랐다.

아이는 새로 원 포인트가 더해진 치맛자락을 잡고서 이를 보이며 즐겁게 웃었다. 눈물은 이제 흐르지 않았다.

지비아는 그 기술에 감탄하며 물었다.

"어디서 바늘을 꺼낸 거야?"

"소매에 숨겨서 가지고 다니고 있어. 실은 손수건을 풀어서 만들었고."

그는 정장의 소맷부리를 지비아 쪽으로 들었다. 길고 짧은 여러 바늘이 슬쩍 보였다.

참고로 클라우스는 행동 자체는 가르칠 수 있었다.

"자수의 요령은 「이 세상의 모든 것을 아끼듯이」다."

그리고 구체적인 행동이나 방법은 가르치지 못했다.

우수한 건지 무능한 건지 가끔 알 수 없어지는 것이 이 남자였다.

"거참 고맙네……."

아무튼 감사 인사는 했다. 혼자였다면 우는 아이 때문에 애를 먹었을 것이다.

지비아는 새삼 여자아이를 보았다. 웃으니 유치가 빠진 것이 보였다. 무척 사랑스러웠다. 그 모습이 지비아의 기억을 상냥하게 자극했다.

"나는 이 아이를 집에 데려다줄게."

"성실하군."

"……이 녀석, 동생이랑 닮았으니까."

"음? 뭐라고 했는지 못 들었어."

"아니, 아무것도 아니야. 어린아이는 방치할 수 없어. 그게 다야."

그러자 클라우스가 아이를 빤히 보았다. 고요함을 머금은 눈동자. 표정이 부족해서 무슨 생각을 하는지는 불명이었다.

"……그렇지. 나도 같이 가겠어."

이윽고 뭔가를 납득한 듯 그가 고개를 끄덕였다.

뜻밖의 제안이었지만, 지비아가 묻기 전에 클라우스는 아이에게 자상하게 말을 걸었다.

주스팔이 아이의 이름은 피네라고 했다.

이야기해 보니 어디서나 흔히 볼 수 있는 쾌활한 소녀였다. 처음에는 지비아에게 겁을 먹은 것 같았지만 농담을 섞어 이야기하자 점차 웃어 주었다. 최종적으로 클라우스와 지비아의 손을 잡고서 희색만면하여 큰길을 걸어갔다.

특히 지비아에게 마음을 열었는지 계속 질문해 왔다. 지비아는 그 질문을 잘 받아넘기며 그녀의 눈을 보고 온화하게 미소 지었다.

"괜한 참견이었나."

클라우스가 감탄한 듯 말했다.

"내가 나설 필요도 없었군. 바로 친해졌잖아."

"어릴 때부터 든 습관이야."

예전에는 항상 동생들을 챙겼었다. 어린아이를 대하는 방법은 이해하고 있었다.

"뭣하면 이만 돌아가도 돼. 내가 책임지고 데려다줄 테니까."

"아니, 끝까지 같이 가겠어."

"그, 그래……."

어색했다.

현재 클라우스, 피네, 지비아 순으로 손을 잡고 있는데 그게 조금 신경 쓰였다. 가뜩이나 지비아는 여전히 클라우스와 친해지지 못했는데, 그 이상으로 신경 쓰이는 요소가 있었다.

'왠지 부부 같아…….'

공원에서 이런 3인 가족을 수두룩하게 봤다. 피네를 사이에 두고 걷는 두 사람은 어쩌면 남들 눈에 부부처럼 보일지도 모른다.

클라우스가 피네 너머에서 말했다.

"오히려 부부처럼 보인다면 다행이지. 눈에 띄지 않을 테니까."

당황을 꿰뚫어 본 모양이다.

"그런 걸까."

지비아는 의심스럽다는 시선을 보냈다.

"달링이라고 부르도록 해, 마이 허니."

"아니, 그렇게 위화감 넘치는 호칭을 강제해도 말이지······."

"이것도 훈련이야."

"······윽."

그렇게 말하니 반론하기 어려웠다. 확실히 스파이라면 때로는 부부로 위장할 필요도 있을 것이다.

얼굴이 뜨거워지는 것을 참으며 떨리는 입술로 중얼거렸다.

"······다, 달리—."

"진심으로 받아들이지 마."

"절대 용서하지 않을 거야!"

얼굴을 붉히며 지비아가 소리 질렀다.

냉정하게 생각해 보니 그녀는 잠복용 종교 학교 교복을 입고 있었다. 부부로 오해받을 일은 없었다.

'정말로 왜 이런 녀석이 보스인 거야······.'

지비아가 불만을 담아 클라우스를 노려보자 피네가 까르르 웃었다. 내용을 이해했을 리는 없지만 싸우는 모습이 유쾌해 보인 모양이다.

"언니랑 오빠는 사이가 나빠?"

"나빠."

즉답했다.

"나는 매일 때리려 들고 이 녀석은 안 봐주고 반격해."

"봐주고는 있어. 최근에는 한 손만 쓰고 있잖아?"

"그게 한층 더 짜증난다고⋯⋯."

지비아는 다시 클라우스를 노려보았다.

그러자 피네는 지비아와 맞잡은 손에 꽉 힘을 주고서 살짝 웃었다.

"우리 집이랑 똑같아."

"엉?"

"아빠도 자주 말하거든. 사랑해서 화내는 거라고."

"아니, 그런 하트풀한 것과는 다른데."

사랑은 고사하고 이 녀석에 관해 잘 모른다며 둘러댔다.

"하지만 언니 손, 왠지 뜨거워."

"⋯⋯윽."

말문이 막히고 말았다.

딱히 클라우스에 대한 사랑을 인정한 것은 아니었고, 단순히 사랑이니 뭐니 하는 이야기가 부끄러웠을 뿐이지만 얼굴이 뜨거워졌다.

"아~ 정말 건방진 꼬맹이네!"

장난스럽게 웃은 지비아는 피네와 맞잡은 손을 풀고 그녀의 머리를 마구 헝클어뜨렸다. 피네는 버둥거리며 「꺄~ 간지러워」 하고 환호성을 질렀다.

"아무튼 너희 집은 어디야? 주스 엎지른 건 언니랑 오빠가 같이 사과해 줄 테니까 얼른 어딘지 말해 봐."

"거의 다 왔어~."

피네는 지비아의 손으로부터 달아나 큰길에서 골목으로 꺾어 들어갔다. 지비아와 클라우스도 그녀를 뒤쫓았다.

피네는 생각지 못한 곳에서 멈춰 섰다.

골목의 막다른 곳.

주위에 가정집 현관 같은 것은 보이지 않았다.

"백발 언니, 자수 오빠."

아이가 속삭였다.

"—미안해."

그때, 그늘 쪽에서 뭔가가 꿈틀거렸다.

"아?"

얼빠진 목소리를 내고 말았다.

거한이 서 있었다. 2m 가까이 되는 거구에 두꺼운 근육이 붙어 있었다. 거대했다. 세로뿐만 아니라 가로로도. 마치 벽 같은 남자였다.

반응하려고 했을 때, 클라우스의 손이 가볍게 팔을 건드렸다.

남자가 바위 같은 주먹을 휘둘렀고 지비아와 클라우스는 벽에 부딪쳤다.

머리에 씌워진 마대가 시야를 가렸다. 어딘가로 옮겨졌다.

양손을 뒤로 돌려 수갑을 채우고 차에 태웠다. 머리를 얻어맞아 어지러웠지만 누워 있으니 괜찮아졌다. 마대를 통과해 들어오는 냄새로 바다에서 멀어지고 있다고 추측했다.

차에서 내리자 햇빛이 사라졌다. 실내로 들어온 듯했다. 벽에 등이 닿도록 밀었다. 그대로 다리를 걷어차서 강제로 앉혔다.

"여기서 기다려."

남자의 굵직한 목소리가 들렸다. 아까 지비아와 클라우스를 때린 상대이리라. 그 후 발소리가 멀어졌다.

거한의 기척이 사라지자 지비아는 발을 이용해 마대를 벗었다.

낡은 목조 주택이었다. 벽지나 회반죽으로 코팅하는 도시의 건물과 달리 벽에 나무가 그대로 드러나 있었다. 지비아와 클라우스가 있는 곳은 1층 같았는데 2층까지 뚫려 있어서 가옥 전체를 둘러볼 수 있었다. 여기저기에 해먹 같은 천이 달려 있고, 천 특유의 쾨쾨한 냄새가 코를 자극했다.

'수갑은 기둥에 고정되어 있나…….'

손목을 움직여 봤지만 철컥철컥 금속음이 울릴 뿐 구속은 풀리지 않았다.

지비아는 현재 상황을 확인하고 옆에 있는 클라우스에게 말했다.

"여긴 어디야?"

"빈민가 안쪽이겠지."

"아까 그 골렘남은 뭐지? 피네랑 아는 사이인가?"

클라우스에게서 동요한 기색은 보이지 않았다. 담담히 설명을 시작했다.

"항구 도시니까. 옛날부터 여행객이나 상인이 오가는 지역이기도 해. 그런 곳은 예외 없이 치안이 나빠지기 쉬워. 특히 최악인 건 몸을 노리고 여자를 찾는 남자야. 실컷 성행위를 하고서 고향으로 돌아가지. 여자는 아이를 낳지만 키우지 못하고 버리게 돼."

클라우스는 턱짓하여 2층을 가리켰다.

"그리고 가족이 없는 아이는 빈민가에서 범죄 집단에 거둬질 수밖에 없어."

"……!"

지비아는 침을 삼켰다.

무수한 눈이 있었다.

2층에서 이쪽을 엿보는 아이들이 있었다. 그 수는 어림잡아 스무 명에 가까웠다. 해먹은 아이들의 침상이었던 것이다. 그 천에 몸을 숨기고서 불안한 눈으로 지비아와 클라우스를 관찰했다.

다들 피네와 똑같았다. 몸이 말랐고 허름한 옷을 입고 있었다.

"……"

무의식적으로.

지비아는 이를 악물었다. 타오르듯이 몸이 뜨거워졌다.

"이쪽 사정을 아주 잘 아는 것 같네."

그때, 골렘남이 돌아왔다.

새삼 정면으로 보니 정말로 우뚝 선 벽 같았다. 온몸을 근육으로 무장한 것 같은 남자였다. 옷을 밀어내는 위팔의 두께는 지비아의 허벅지 사이즈와 같았다. 수상쩍게 번들거리는 검은색 가죽 재킷을 입고서 여유롭게 걸어왔다.

"그저 소문을 좋아하는 일반인이야."

클라우스가 태연한 얼굴로 대답했다.

골렘남은 고개를 끄덕였다.

"그렇겠지. 총을 안 가지고 있어. 사복 경관은 아니야. 그저 유별난 사람인가?"

처음부터 무기는 들고나오지 않았다. 거리에 녹아드는 데 필요 없는 물건은 저택에 두고 왔다. 그건 클라우스도 마찬가지인 듯했다.

"……최근 출몰하는 소매치기 집단의 대표가 너인가?"

클라우스가 묻자 골렘남이 눈을 가늘게 떴다.

"역시 무슨 탐정인가?"

"아까도 말했지만 일반인이야. 다만 어린아이에게 값나가는 물건을 훔치게 하고 그걸 팔아서 생활하는 쓰레기가 있다는 소문을 들어서 말이지."

"어이어이, 누가 들으면 오해할 소리 하지 마."

골렘남이 서운하다는 듯 어깨를 으쓱였다.

"나는 갈 곳 없는 아이들을 양육하고 있을 뿐이야. 저 녀석들은 부모가 없어. 나는 일을 가르치고 의식주를 제공하지. 복지 사업 같은 거야."

"정말로 그렇게 생각하나?"

"그래. 나는 흔한 악인과 달라. 너희가 피네의 도둑질을 묵인하겠다고 약속한다면 당장 풀어 주겠어."

입막음— 그걸 위해 지비아와 클라우스를 납치한 모양이다.

피네는 소매치기였다. 주스를 파는 척 접근하여 클라우스의 가방에서 지갑을 훔치려고 했다. 그러다 지비아에게 걸렸다는 것을 깨닫고 남자와 눈빛을 주고받아 뒷골목에서 덮치기로 했다— 아마 그럴 것이다.

"……"

자신들은 속았다.

골렘남이 제안한 대로 못 본 척하는 것도 현명한 선택일지 모른다. 여기서 그들의 죄를 규탄해 봤자 아이들은 갈 곳이 없다. 골렘남의 비호하에서 안온한 생활을 보낼 수 있다면 그것도 좋지 않을까.

하지만 그 전에— 하나 확인하고 싶은 것이 있었다.

"……피네가 울었어."

"엉?"

골렘남이 의아해했다.

지비아는 늠름하게 고개를 들고 노려보았다.

"손을 들었을 뿐인데 그 녀석은 세상이 끝난 것처럼 울음을 터뜨렸어."

머리를 쓰다듬으려고 했을 뿐인데 바로 뒤로 물러났다.

맞을까 봐 겁을 먹은 것처럼.

반사적으로 솟구치는 공포를 견디지 못한 것처럼.

설명할 필요도 없는— 학대의 징후였다.

지비아는 주먹을 꽉 움켜쥐었다.

"너는 아이를 때릴 때마다 말하는 건가? 『이렇게 화내는 건 너를 사랑하기 때문』이라고? 이것도 애정이라고?"

골렘남은 목을 쥐어짠 것처럼 침음을 흘렸다.

지비아는 2층에 숨은 아이들에게 시선을 보냈다.

"피네! 너희 아빠는 평소에 너한테 무슨 짓을 해?"

피네에게 던진 말이었다.

하지만 반응한 것은 아이들 전원이었다. 공포가 머릿속을 스친 것처럼 얼굴을 굳히는 아이, 어깨를 떨며 자기 몸을 껴안는 아이, 반사적으로 머리를 감싸는 아이— 다들 짚이는 게 있는 듯했다.

얼굴에 크게 멍이 든 아이도 보였다.

"시끄러워! 남의 교육에 참견하지 마!"

골렘남이 호통쳤다. 수갑을 찬 지비아를 향해 익숙한 모습으로 거대한 주먹을 휘두르려고 했다.

두 사람 사이를 가르듯 클라우스가 뛰어들었다.

지비아를 감싸는 형태로 골렘남의 주먹을 맞았다.

"큭……."

어깨로 충격을 흘린 것처럼 보였지만 클라우스는 고통스러운 듯 소리를 냈다.

"괜찮아……?"

지비아는 저도 모르게 말했다.

제대로 맞았다면 틀림없이 뼈가 부러졌을 것이다. 아마추어의 주먹이 아니었다. 다리와 허리를 틀어 에너지를 만들어서 주먹에 담았다. 훈련된 격렬한 일격이었다.

"애송이가. 반항적인 눈이야……."

지비아가 노려보자 골렘남이 히죽 웃었다.

"너, 백발 애송이. 빈민가 출신이지?"

"……."

꿰뚫어 본 모양이다.

지비아는 반사적으로 입을 다물었지만 그건 긍정하는 것이나 마찬가지였다.

"나 정도 되면 알 수 있거든."

남자가 으스대며 코웃음 쳤다.

"너 같은 건방진 애새끼들을 지금껏 수없이 교육해 왔어. 이 주먹으로 말이야."

남자는 허공에 잽을 두 방 날렸다. 공기가 흔들리는 소리가 들릴 듯한 날카로운 주먹이었다.

상황을 지켜보던 아이들이 겁먹은 소리를 냈다.

"지금부터 몇십 대고 패 주마. 비명을 질러도 소용없어. 아무도 못 들을 테니까."

"……큭."

알고 있다.

여자와 아이들이 울부짖어 봤자 아무에게도 들리지 않는 세계.

이 거리와는 다르지만 지비아는 이곳과 똑같은 세계에서 태어났다. 고아원에 들어가기 전까지 폭력과 빈곤으로 도배된 거리에서 동생들을 지키며 살아왔다.

―그 고통은 몸에 새겨져서 이해하고 있다.

—그래서, 이딴 세계를 바꾸고 싶어서 자신은 스파이가 되기로
했다.

피네의 눈이 도와달라고 호소하는 것 같았다.

지비아는 입술을 깨물었다.

클라우스는 옆에서 고개를 숙이고 있었다.

"방금 뭐라고 했지……?"

클라우스의 목소리는 잠겨 있었다.

"누구에게도 비명이 안 들린다고?"

골렘남이 콧구멍을 벌렁거렸다.

"당연한 거 아니야? 이런 쓰레기장에서 누가 비명 따위를 신경
쓰겠어."

"……소리 질러도 아무도 구해 주러 오지 않는 건가?"

"그렇다고 하잖아."

"소음을 내도, 정말로 누구도 신경 쓰지 않는 건가?"

"대체 똑같은 설명을 몇 번이나—."

"그런가. 그런데—."

클라우스의 목소리가 낮아졌다.

"—이 놀이에 언제까지 장단을 맞춰 주면 되지?"

철컥.

금속음이 울렸다.

클라우스의 손목에 채워져 있던 수갑이 바닥에 떨어졌다.

바늘— 소매에 넣어 뒀던 것이리라. 클라우스는 그것을 지비아에게 던졌고, 그녀도 뒤로 구속된 손으로 받아서 곧장 수갑을 풀었다.

뭐야, 하고 골렘남이 뒷걸음질 쳤다.

지비아는 자유로워진 손을 주무르며 크게 욕했다.

"젠장. 아마추어야? 그런 큰길 옆에서 습격하고. 눈에 띄잖아."

"잘 참았어. 이 녀석의 아지트를 파악하고 싶었어."

뒷골목에서 거한에게 맞기 직전에 클라우스는 지비아의 팔을 건드렸다. 저항하지 말라는 사인이었다. 어쩔 수 없이 지비아는 저항하지 않는 척하며 남자의 주먹을 맞았다.

두 사람은 동시에 일어나 나란히 골렘남을 노려보았다.

"수갑이 망가져 있었나……?"

골렘남은 어떻게 된 것인지 이해하지 못한 듯했다. 고장이라고 여긴 모양이다.

"2 대 1인가."

여유를 무너뜨리지 않고 몸을 비스듬하게 틀고서 스텝을 밟기 시작했다. 무술을 배운 듯했다.

"뭐, 좋아. 덤벼. 나는 전직 육군이었어."

입가를 삐딱하게 일그러뜨렸다. 유난히 체격이 좋다고 생각했는데 전직 군인이었나.

"아까 얻어터진 거 잊어버렸어? 둘이서 덤벼도 때려눕—"

"아니."

지비아는 한 걸음 앞으로 나갔다.

"나 혼자서 충분해."

"허?"

"너 같은 쓰레기는 직접 후려쳐야 직성이 풀리거든!"

수갑을 움켜쥐고서 지비아는 고함쳤다.

"코드 네임『백귀』— 가로채 터는 시간을 가져 주겠어."

바닥을 세게 박차 남자를 향해 달려갔다. 무기다운 무기는 가지고 있지 않았다. 수갑을 돌리며 자신보다 체중이 두 배 가까이 나갈 듯한 거한에게 돌격했다.

"애송이가 까불지 마!"

골렘남이 소리쳤다.

지비아는 얼굴로 날아오는 잽을 아슬아슬하게 피하고서 적의 관자놀이를 노리고 수갑을 휘둘렀다.

하지만 적이 훨씬 더 빨랐다. 거구에 걸맞지 않은 민첩한 움직임으로 몸을 물리고 지비아를 향해 다음 잽을 날렸다. 막으려고 했지만 일격이 무거웠다. 떠밀려 넘어지기 직전에 공격을 흘리고 적의 허리로 오른손을 뻗었다.

"—윽."

상대의 발차기가 허벅지에 명중했다. 동작 하나하나에 힘을 준 것 같지는 않았다. 빈틈이 없었다. 하지만 체중이 현격히 차이 나는 탓에 일격이 강력했다.

지비아의 몸은 가볍게 날아가 바닥을 굴렀다.

"하!"

남자는 즐겁게 콧방귀를 뀌었다.

"너처럼 작은 여자가 이길 수 있을 리 없잖아."

전투의 상식.

죽고 죽이는 싸움에서는 커다란 쪽이 강하다. 무거운 쪽이 강하다. 여자보다 남자가 강하다. 작고 연약한 자는 강자에게 핍박당할 뿐이다.

하지만 그것은 한참 전에 무의미해진— 이전 시대의 이야기다.

"—총이 있어도?"

지비아는 리볼버를 들었다.

조금 전까지 웃고 있었던 남자의 얼굴이 얼어붙었다.

"어느새……?"

"이미 훔쳤어."

지비아는 자랑스럽게 웃었다.

"**저 녀석**과 비교하면 빈틈투성이야."

남자는 퍼뜩 놀라 자신의 허리를 잡았다.

지비아가 순식간에 훔친 것이다.

소매치기— 그것이 『백귀』라는 이름을 가진 지비아의 진가였다.

굉장히 의기양양한 남자의 태도를 보고서 무기를 가지고 있으리라고 예상했고, 친절하게도 군인이었다는 것까지 밝혀 줘서 권총을 어디에 숨겼을지도 예상이 갔다.

'『바늘로 찌르는 듯한 속도』를 실천했는지는 모르겠지만……'

자학하면서 지비아는 총구를 남자에게 겨눴다.

남자는 식은땀을 흘리면서도 아직 여유로운 표정이었다.

"하, 하지만, 너 같은 애송이가 총을 어떻게 쓰는지 알 리가—."

발포음이 났다.

지비아가 주저 없이 쏜 총알은 남자의 귀를 스치고 목조 가옥의 기둥에 박혔다.

골렘남은 힘이 빠진 것처럼 주저앉았다. 다음에는 맞힐 거라고 지비아가 경고하자 남자는 거대한 몸을 떨었다.

"너희는 뭐 하는 놈들이야……?"

"평범한 일반 시민이야."

지비아는 오른손으로 총을 든 채 왼손에 든 수갑을 보여 줬다.

"이제 끝났네. 냉큼 쇠고랑을 차도록 해."

골렘남은 엉덩이를 끌며 후퇴했다. 마치 날벌레 같았다. 얼굴은 굳어 있었지만, 갑자기 무슨 생각이 났는지 고개를 번쩍 들었다.

"나, 나를 경찰에 넘겨 봤자 소용없어……."

"엉?"

"경찰에 연줄이 있어……. 나는 금방 석방되겠지……. 무의미한 짓 하지 마."

"……쏴 죽인다?"

"그러면 이번에는 너희가 체포될 거다!"

남자는 위세를 되찾고 떠들어 댔다.

"나를 죽이고 달아날 순 없을걸? 너는 인생을 걸면서까지 그 방아쇠를 당길 용기가 있나?"

지비아가 든 리볼버가 흔들렸다.

허풍이겠지만 만에 하나 사실이라면 상당히 귀찮다. 이 도시에 몸을 숨긴 스파이인 이상, 경찰과는 그다지 엮이고 싶지 않았다. 설명과 신분 조회가 귀찮았다.

지비아의 곤혹을 동요라고 여겼는지 골렘남이 기세등등하게 웃었다.

"자, 지금 당장 총을 내려! 안 그러면 내가 아는 경찰에게 살인미수로—."

"—앙거러 경위 말인가? 지금쯤 스파이 용의로 육군 정보부가 구속했을 거야."

클라우스의 목소리가 울렸다.

시선을 돌리니 그는 종이 한 장을 보고 있었다. 발밑에는 페인트 통. 뚜껑이 열려 있었다. 아까 받은 기밀문서일까.

「뭐?」하고 남자가 입을 벌렸다.

정곡을 찔린 듯했다.

클라우스는 성냥을 그어 서류에 불을 붙였다. 특수한 용지인지 눈 깜짝할 사이에 불이 번졌고 재조차 남기지 않고 사라졌다.

"시시한 남자야. 푼돈 좀 벌겠다고 제국 스파이와 내통했어. 관계자를 샅샅이 찾고 있는데 너 같은 수준의 악인만 나오고. 괜히 기대했어."

클라우스는 진심으로 실망한 듯한 표정을 지었다.

"나머지는 경찰이 할 일이야. 아이들은 시설에 들어갈 수 있도록 손을 써 두기로 하지."

"너 이 자식, 무슨 말이야……?"

"너에 관해서도 적혀 있었어, 프리제 전 병장. 몸집은 크지만 그릇이 작았고, 술집에서 상해 사건을 일으켜 징계 처분을 받았다지. 전형적인 송사리야."

"이 새끼가아아아아아아!"

멸시당해 충격을 받았는지, 의지할 곳이 없어져서 패닉을 일으켰는지.

골렘남은 집 전체를 뒤흔들 정도로 소리를 지르고서 지비아의 총 따위 개의치 않고 클라우스에게 달려들었다. 눈에 핏발이 서 있었다.

지비아는 즉각 방아쇠에 손가락을 걸었지만 클라우스의 따분하다는 듯한 눈을 보고 동작을 멈췄다. 무리해서 발포할 필요도 없을 것 같았다.

저 남자가 얼마나 강한지는 뼈저리게 알고 있었다.

클라우스는 거구가 육박하는데도 태연한 얼굴이었다.

"안타깝지만— 너 정도로는 내 적수조차 못 돼."

클라우스는 손등으로 가볍게 골렘남의 턱을 쳤다. 특별히 힘을 준 것처럼 보이지는 않았는데 골렘남의 머리가 크게 흔들렸다.

뇌진탕이 일어났는지 남자는 실이 끊어진 마리오네트처럼 그 자리에 털썩 쓰러졌다.

지비아는 남자가 기절한 것을 확인하고 두꺼운 손목에 수갑을 채웠다. 나머지는 경찰이 달려와서 상황을 파악하고 처리할 것이다.

숨어서 지켜보던 아이들은 멍하니 입을 벌리고 있었다.

지비아는 뭐라고 설명하려다가 그만뒀다. 자신들은 일반 시민인 채로 떠나면 된다.

클라우스와 함께 가옥에서 나가려고 했다.

"언니⋯⋯."

뒤에서 누군가가 불렀다.

피네였다. 울먹이는 목소리였다.

"⋯⋯고마워."

어딘가 어색해 보이는 것은 자신들을 속였다는 죄책감 때문일지도 모른다.

그래서 지비아는 한없이 늠름한 표정으로 「그래」 하고 대답했다.

지비아와 클라우스는 빈민가까지 운반된 것 같았다. 한 발 밖으로 나와 보니 자신들이 있던 곳은 목조 주택이라고 하기에도 민망한 허름한 판잣집이었다. 비슷한 집들이 주위에 늘어서 있었다. 전쟁이 끝난 지 아직 10년. 나라의 각지까지 행정이 미치지 못하고 있을 것이다.

전화가 있을 것 같지도 않았기에 두 사람은 도시의 중심으로 빠르게 걸어갔다.

도중에 지비아는 클라우스에게 의문을 던졌다.

"전부 계산한 거야?"

클라우스는 일련의 흐름을 전부 예상했던 것처럼 움직였다.

하지만 그는 아니라며 부정했다.

"어린아이를 이용한 소매치기 집단이 있다는 건 들었어. 그 공원에서 기다리면 저쪽에서 접촉할 거라고 생각했을 뿐이야. 운이 좋았어."

「역시나」 하고 납득했다.

생각해 보면 다망한 그가 태평하게 공원에서 점심을 먹는 것 자체가 이상했다. 전부 상정한 범위였던 것이다. 피네가 말을 걸어왔을 때 그녀가 소매치기임을 눈치챘으리라.

그리고 피네와 아이들을 구해 냈다.

어디까지나 국내에 잠복한 스파이를 조사하는 겸 했을 것이다. 이 정도 수준의 범죄자를 잡는 것은 자신들이 할 일이 아니다. 하지만 클라우스는 아이들을 확실하게 폭력으로부터 구했다.

그래서 무심코 물었다.

"불가능 임무를 성공시키면 많은 아이를 구할 수 있을까?"

자신들이 한 달 내로 도전할 초고난도 임무.

상세한 내용은 전달받지 못했지만, 그건 피네와 같은 아이의 미소로 이어지는 걸까—.

"대답할 필요도 없지."

클라우스는 가볍게 말했다.

지비아도 고개를 끄덕였다.

분명 국가의 운명을 건 임무이리라. 직접적으로 아이들과 이어지지 않더라도 간접적으로 아이들에게 행복을 줄 수 있을 터다.

'그렇다면 더 강해져야 해⋯⋯.'

새로이 결심하던 지비아는 클라우스의 온화한 시선을 알아차렸다.

"그렇게 너무 기 쓰지 마."

"응?"

"거한을 압도한 지금이라면 알겠지. 다소 강해지더라도 큰 가치는 없어. 스파이에게 요구되는 건 굳센 몸이 아니라 정신이야."

클라우스가 그렇게 고했다.

"지비아, 너는 이미 그걸 가지고 있어. 언젠가 고향 아이들을 구할 날도 올 거야."

마치 지비아의 마음을 꿰뚫어 본 듯한 말이었다.

아니, 실제로 꿰뚫어 봤을 것이다. 그 고요한 눈으로.

'일단 신경을 써 주고 있기는 하는구나⋯⋯.'

그게 의외여서 얼굴이 뜨거워졌다.

지비아는 손을 내저었다.

"괜찮아. 안달 내지 않아. 조금씩 강해지고 있다는 걸 실감했으니까."

지비아가 이번에 골렘남에게 대응할 수 있었던 것은 훈련의 성과였다. 클라우스를 아는 지비아에게 있어 그 정도 남자는 무섭지도 않았다.

"당신을 오해하고 있었어. 당신은 확실하게 교관이야."

"당연하지."

클라우스가 만족스럽게 중얼거렸다.

"나는 너희를 이끌 거야. 세계 최강의 스파이라는 이름을 걸고."

그 후 지비아와 클라우스는 나란히 길을 걸어갔다. 도중에 두서없이 대화를 나눴다. 당연히 클라우스와의 문답은 맞물리지 않는 일이 많아서 그 마이페이스에 휘둘렸지만, 몇 시간 전처럼 짜증이 나지는 않았다.

—의외로 좋은 보스일지도 모른다.

적어도 그런 생각이 들 정도로는 심경이 변화해 있었다.

"배고프군. 나는 어딘가 들러서 점심을 먹을 건데 너는 어쩔 거지?"

그래서 클라우스가 이렇게 말했을 때.

"이, 있잖아."

하고 무심코 입을 뗐다.

"왜 그래……?"

"도, 도시락이라면 있는데……."

지비아는 몰래 가지고 있던 알루미늄 도시락을 슬쩍 내밀었다.

클라우스가 눈을 가늘게 떴다.

"주는 건가?"

크게 뛰는 심장 고동을 느끼며 지비아는 말했다.

"나 때문에 놀란 피네가 빵을 밟았잖아……? 그러니까, 그게, 사과하는 의미로…… 가, 같이 먹지 않을래……? 아니, 내가 만든 건 아니고, 릴리가 준 거지만……."

변명과 불필요한 정보가 줄줄 나왔다.

'왜 나는 이렇게 긴장한 거지……?'

지비아는 자신도 알 수 없는 감정에 시달리며 클라우스의 대답을 기다렸다.

"그래. 같이 먹기로 하지."

"……조, 좋아, 그럼 반씩 나눠 먹자."

그의 대답에 안도하며 마음이 따뜻해졌다.

걸어가면서 먹자며 지비아는 웃었다.

클라우스는 말없이 고개를 끄덕였다.

지비아는 풀어진 얼굴을 들키지 않으려고 입술을 깨물었다. 어디선가 맡은 적 있는 매콤한 냄새가 났다. 알루미늄 뚜껑을 열려고 건드렸고—.

—그리고 도시락은 폭발했다.

그날 밤, 아지랑이 팰리스—.

"거기 서어어어어어어어어어!"

"으아아아아아아, 단검은 안 돼요!"

"알 게 뭐야!"

"이, 이번 계획을 세운 사람은 모니카예요!"

"어어엉?!"

"아니, 릴리야."

"속였겠다?!"

"큭, 천재 릴리의 정보 전략이 안 통하다니!"

아비규환의 향연이었다.

클라우스는 아무것도 하지 않았다.

그저 자기 방에서 취미인 유채화 그리기에 힘쓰고 있었다. 저택 침실에 있는 의자에 깊이 앉아 붓을 움켜쥐고 캔버스를 빤히 바라보았다. 하지만 집중할 수 있는 환경은 아니었다. 아래층과 복도에서 끊임없이 소녀들의 절규가 들려왔다.

"저 녀석들은 뭘 하는 거지……?"

그렇게 클라우스가 어이없어하며 말하자 릴리가 방에 뛰어 들어왔다.

"선생님! 숨겨 주세요!"

릴리는 숨을 몰아쉬고 있었다. 전력으로 뛰어서 도망쳐 온 듯했다. 뭔가에 겁을 먹었는지 다리가 후들후들 떨리고 있었다.

"나가."

클라우스는 차갑게 응대했다.

"얘기를 들어 주세요! 지금 복도에서 오랑우탄이 날뛰고 있어요!"

"이 저택에 그런 짐승은 없는데……."

"없긴 왜 없어요! 백발 오랑우탄이 있잖아요!"

"그 한마디로 네가 잘못했다는 걸 확신했어."

클라우스가 한숨을 쉬자 복도에서 우당탕 발소리가 들렸다.

"거기냐아아아아아아아아!"

그런 절규와 함께 의자를 움켜쥔 지비아가 방문을 걷어차고 들어
왔다. 그 눈은 빨갛게 형형히 빛나고 있었다. 아마 고춧가루 탓이
리라.

릴리가 「히이이이익!」 하고 한심한 소리를 내더니 클라우스 쪽으
로 돌아들었다. 클라우스를 사이에 두고서 지비아와 릴리가 마주
했다.

"얘, 얘기를 나눠요, 지비아! 네?"

"그 전에 한 대만 진심으로 때리자."

"의자를 움켜쥐며 말하는데 그러라고 하겠어요?!"

클라우스가 귀찮다는 얼굴로 「날 사이에 두고 소리 지르지 마」
하고 투덜거렸다.

"화, 화를 내는 건 잘못됐어요! 지비아가 말했잖아요? 무지한 인
간을 조종하는 건 실전에서도 쓰는 방법이라느니 의외성이 필요하
다느니 멋있는 척하면서! 저는 선생님을 쓰러뜨리기 위해 최선을
다했을 뿐이에요! 에헴! 칭찬해도 좋아요."

릴리는 으스대며 가슴을 쭉 폈다. 지비아의 미간이 꿈틀거리며
경련했다.

동료째 폭파 작전 개량판—.

그것이 폭발의 정체였다.

지비아가 클라우스에게 내민 도시락 — 사전에 릴리에게 받은 것 —
은 어젯밤과 똑같은 고춧가루 최루 폭탄이었다. 지비아 이외의 소녀들
은 도시락에 설치한 발신기를 따라 지비아를 미행. 클라우스와 지비
아의 관계가 가장 깊어져 쌍방이 방심한 순간을 노렸고, 릴리가 「지금
이에요!」라며 신나게 기폭시켰다.

하지만 클라우스는 직전에 피했다.

그 결과 지비아만 고춧가루에 희생되었다.

"이야~ 조금만 더 빨랐으면 선생님에게 폭탄을 먹일 수 있었는
데 말이죠. 아쉽네요."

이 릴리라는 소녀는— 주지의 사실이긴 하지만 상당히 억센 성격
이었다.

"용서 못 해……. 너만큼은 용서 못 해……."

그리고 지비아는 화가 머리끝까지 났다. 아직 다 씻어 내지 못했
는지 예쁜 백발이 군데군데 빨갛게 물들어 있었다. 아직 눈이 빨갛
기도 해서 요괴 같은 모습이었다.

릴리는 클라우스를 방패 삼듯 몸을 숙였다.

"부, 불합리해요. 보복했을 뿐인데 어째서 그렇게나 화를 내요?"

"시끄러워……."

"아, 혹시 선생님과 나눈 대화를 도청해서 그래요?"

"윽!"

"평소와 달리 뭔가 소녀 같았죠~『도시락이라면 있는데……』하고 풋풋한 연인 같았어요. 이야~ 모든 팀원이 듣고 실실 웃으면서—"

"아아아아아아아아아아아아아! 잊어버릴 때까지 때릴 거야! 무조건 때릴 거야!"

"……제발 내 방 말고 다른 데서 해."

클라우스가 기막히다는 표정을 지었다.

"……불가능 임무까지 갈 길이 멀군."

그 중얼거림을 두 소녀가 들었는지도 확실치 않았다.

후욱 후욱 거칠게 호흡하는 그녀들에게 클라우스가 말했다.

"……들을 만한 상황은 아닌 것 같지만 말해 두겠어. 이번 일로 알았을 텐데, 현시대에는 의회, 경찰, 군대, 온갖 곳에 적국의 스파이가 들어와 내부에서 나라를 부패시키고 있어. 사람들을 지킬 수 있는 건 우리 스파이들뿐이야."

당연히 나라에 판치는 것은 퇴물 군인이나 부패 경찰뿐만이 아니다. 더 사악한 인간이 숨을 죽이고 있을 것이다. 그런 와중에 자신들도 적국의 조직에 잠입한다.

수단 불문의 스파이 싸움— 그게 『그림자 전쟁』이다.

"서로를 속이고 거짓말하며 함께 강해져라. 언젠가 나를 쓰러뜨릴 수 있을 만큼."

클라우스는 슬며시 자리에서 일어났다.

"그때까지는 때때로 동료끼리 싸우는 것도— 극상이야."

클라우스가 이동하면서 지비아와 릴리를 차단하는 존재가 사라졌다. 지비아가 짐승처럼 포효하며 달려들었고 릴리가 울상이 되어 도망쳤다.

불가능 임무까지 앞으로 4주.

소녀들의 훈련은 과격하게 전개되어 간다—.

2장 case 사라

에르나가 짜부라졌다.

금발 소녀였다. 열네 살이라는 나이에 비해 몸집이 작았고, 얼굴도 열 살이라고 해도 믿을 만큼 동안이었다. 아름답기도 해서 어딘가 인형 같은 분위기를 풍겼다.

하지만 그런 소녀는 지금— 문과 바닥 틈새에서 신음하고 있었다.

사이에 낀 것이 아니라 **짜부라졌다**.

「불행……」 하고 중얼거린 목소리는 누구에게도 전해지지 않았다.

—세계는 아픔으로 가득하다.

불가능 임무 달성을 목적으로 『등불』이 결성되고 2주가 지났다.

클라우스가 낸 「나를 쓰러뜨려라」라는 과제는 여전히 달성될 기미조차 보이지 않는 상황이었지만 소녀들은 성장을 보이기 시작하고 있었다. 지비아의 소매치기 소동과 에르나의 유괴 사건을 겪으며 연대를 강화하고 클라우스에 대한 신뢰도 생겨나 있었다.

보조를 맞춰 가면서 소녀들은 서로의 장점과 실력을 이해해 나갔다.

모니카와 티아 같은 우수한 소녀들의 활약이 눈에 띄기 시작했다.

다만 한편에서— 약진하는 동료들을 보며 주눅이 드는 소녀도 나타나던 시기였다.

"차라리 클라우스 씨의 방을 통째로 폭파시켜 버릴까?"

"좋네요. 언제 공작할까요?"

"심플하게 저녁 같이 먹자고 하면 되잖아. 진수성찬을 차렸으니 식당으로 오라고 말이야."

"채용하겠어요! 그 틈에 침대 뒤쪽에 폭탄을 설치해 버리면—"

그녀들의 훈련은 이날도 계속되고 있었다.

발언이 점차 과격해지고 있다는 것을 빼면 익숙해진 광경이었다. 소녀들은 저택의 대형 홀에서 테이블에 둘러앉아 뒤숭숭한 아이디어를 늘어놓았다.

"솔직히 이 정도로 클라우스 씨를 쓰러뜨릴 수 있으리라고 생각하진 않지만. 정보를 모으는 수단으로서는 나쁘지 않을지도 몰라."

청은발 소녀 모니카가 머리카락을 만지작거리며 거들먹거리는 태도로 주장했다. 보통 몸집에 보통 키였고, 헤어스타일 말고는 인상을 남기지 않는 신기한 외양이었다.

"아뇨! 저는 이 작전이라면 성공하리라고 봐요. 요란하게 콰광~ 터뜨리자고요. 콰광~!"

이에 릴리가 태평한 의견을 냈다. 모니카와는 대조적으로 눈길을 끄는 매력 넘치는 외모였다. 아름다운 은발과 풍만한 가슴이 특징적이었다.

"화약을 많이 써도 괜찮아요. 방을 통째로 날려 버려도 선생님에게는 겨우 경상이나 입힐 수 있을걸요?"

"너는 또 그렇게 대충 발언하지……. 한도라는 게 있잖아."

"하지만 지난번에 문을 뚫고 물을 분사하는 공격 정도로는 턱도 없었는걸요."

"어떻게 화약을 넣을까? 지난주에 유리창에 낸 구멍, 아직 쓸 수 있던가?"

"분명 남아 있을 거예요. 자, 행동하죠!"

이 두 사람— 모니카와 릴리를 중심으로 매우 살벌한 계획이 완성되려고 했다.

하지만 거기에 찬물을 끼얹는 목소리가 있었다.

"저기, 잠깐 괜찮을까?"

흑발 소녀— 티아가 손을 들었다.

윤기 흐르는 머리를 길게 기르고, 굴곡이 확실한 고혹적인 자태를 지닌 소녀였다.

"슬슬 누군가가 지적하지 않을까 싶었는데 아무도 말을 안 하니까 내가 말할게."

"응?"

멤버 전원의 시선이 티아에게 모이자 그녀는 말했다.

"—저택, 슬슬 위험하지 않아?"

"""""""…………."""""""

아무도 반론하지 않았다.

클라우스를 계속해서 덮친 지 약 2주.

조금 전 릴리와 모니카의 발언에서도 알 수 있듯 그녀들은 때때로 저택을 부수며 습격을 꾀했다. 문을 부수고 유리창을 깨는 것도 일상다반사였다. 실제 임무에서 쓸 수 있는 수단이라면 망설이지 않고 채용했다.

그 결과, 호화로웠던 아지랑이 팰리스에 구멍이 생겨나 있었다. 금이 간 유리창은 몇 개나 있었고, 파인 벽과 찢어진 벽지 등을 세다가는 끝이 안 날 정도였다.

"얼마나 위험한가 하면."

티아가 보충했다.

"어젯밤 에르나가 짜부라졌어."

"어째서?!"

릴리가 눈을 동그랗게 떴다.

"경첩이 빠져서 문이 쓰러진 모양이야."

홀 구석에서 에르나가 물주머니로 머리를 식히고 있었다. 혹이 생긴 듯했다. 「아팠어……」 하고 울먹이며 코멘트를 남겼다.

"어쨌든 일상생활에 지장이 생기게 됐어. 일단 망가진 곳을 고치

자. 청소 당번에 더해 수선 당번도 신설해야 해."

티아가 우아하게 웃었다.

그것은 실로 합리적인 제안이었지만—.

"나는 반대려나."

모니카가 재미없다는 듯 내뱉었다.

"곧 있으면 우리는 목숨을 건 임무를 수행할 거야. 너무 태평하지 않아?"

"그렇다고 전부 등한시할 수는 없잖아."

"지금은 1초라도 더 많이 훈련에 써야 해. 수리 같은 건 나중에 하면 돼."

"……말은 멋있게 했지만, 그저 당번을 늘리는 게 싫어서 그러는 거지?"

"음~? 색녀한테는 이 정도 수준의 발언이 멋있게 느껴지나 봐?"

"어머, 지금 엄청난 폭언을 들은 것 같은데?"

티아와 모니카가 서로를 격렬하게 노려보았다. 여유롭게 미소 지은 채 강한 짜증을 맞부딪쳤다. 수준이 높은 건지 낮은 건지 알 수 없는 싸움이었다.

『등불』에서 우수한 두 사람이기도 해서 곧잘 대립하곤 했다.

릴리가 둘 다 참으라며 중재했지만 두 사람 사이에 튀는 불꽃은 더 격해질 뿐이었다.

그것을 부추기듯 다른 소녀들도 의견을 말했다.

"하지만 실제로 고치려면 시간이 걸려."

"……하지만 보스는 이 저택을 그다지 부수지 않길 원하는 것 같고……."

"나님, 수선보다 개조를 하고 싶어요!"

"이 녀석이 개조하면 더 위험해지니까 말려야 해."

"네~ 다들 진정하세요~ 리더인 릴리가 곤란해하고 있어요~."

만나고 2주가 지나 소녀들도 점차 거리낌이 없어졌다.

의견 피력에 소극적이었던 에르나도 조금씩 목소리를 내게 되면서 활발한 의견이 오갔다.

한 소녀를 제외한다면 말이다.

"하지만 때때로 수선되어 있잖아."

이윽고 모니카가 의기양양하게 웃었다.

"클라우스 씨가 전문 업자를 부르는 거 아닐까? 무시해도 되겠지."

티아는 그 정보를 몰랐던 모양이다. 입술을 깨물고 끙 소리를 내며 모니카를 보았지만 아무 말도 하지 못했다.

승자는 모니카가 되었다.

결국 망가진 곳은 방치하기로 방침이 정해지며 해산했다.

"모니카 언니의 주장은 엉터리야."

의논이 끝난 후, 에르나는 분석했다.

"때때로 저택이 수선되어 있는 건 맞아. 하지만 업자는 본 적이 없어."

소녀들이 지내는 아지랑이 팰리스 변두리에는 오두막이 있었다.

원래는 쓰이지 않는 창고였지만 지금은 축사가 되어 있었다. 오두막에는 개와 쥐, 매, 비둘기 등 무수한 동물이 케이지 없이 들어와 있었다. 매와 쥐 사이에 칸막이도 없이 공생하고 있는 것은 매의 지능이 높기 때문일까 아니면 조교한 소녀의 애정 덕분일까.

에르나는 축사 밖에 서서 안에 있는 소녀에게 말했다.

"즉, 유령의 소행이라고 에르나는 생각해. ─사라 언니는 어떻게 생각해?"

"상당히 별난 주장이네요."

질문을 받은 사라는 쓴웃음을 지었다.

웨이브진 갈색 머리 소녀였다. 깊이 눌러쓴 뉴스보이캡 밑으로 보이는 동글동글한 눈은 작은 동물을 연상시켰다.

"하지만 역시 유령은 없슴다."

그녀는 동물들에게 특제 사료를 먹이고 있었다. 동물들은 모두 사라를 좋아해서 다가와 몸을 비볐다.

"하지만 에르나는 봤어."

오두막에서 한 발짝 떨어진 곳에 서서 에르나는 주장했다.

"어젯밤에 이 오두막과 이어진 복도 주변을 걷는데 길쭉한 사람 실루엣이 쑥 나타났어. 무심코 뒤로 확 물러나면서 근처 문에 머리를 부딪쳤고 문이 넘어져서 호된 일을 당했어."

평소보다 빠르게 말하며 주장했다.

지금까지의 모습을 보면 믿을 수 없지만 그녀는 낯가림이 심했다. 일대일 상황에서 제대로 대화할 수 있는 상대는 클라우스와 사라뿐이었다.

그래서 에르나는 사라가 있는 축사에 자주 들렀다.

사라는 그 사실을 새삼 느끼며 에르나를 향해 웃었다.

"아. 그래서 에르나 선배, 오늘은 특히나 저랑 붙어 있는 겁까?"

"응?"

"유령이 무서워서."

"──!"

에르나의 얼굴이 순식간에 빨개졌다.

사라는 웃음을 터뜨렸다.

열네 살이라는 나이를 믿을 수 없을 만큼 에르나는 외면도 내면도 어렸다.

"무섭다면 오두막에 들어오면 될 텐데요."

"동물도 무서워……. 위험으로 가득해."

에르나는 오두막 앞에서 한 발짝도 움직이지 않았다.

"저택에는 유령, 오두막에는 사라 언니의 동물들…… 에르나는 지금 궁지에 몰려 있어."

"궁지는 과하지 않습까."

"가자니 귀신이요, 돌아서자니 애완동물이야."

"오히려 즐거울 것 같습다."

외국에 오픈했다는 놀이공원과 비슷해 보였다.

일단 에르나가 무서워하는 데는 이유가 있었다. 그녀는 불행 체질이었다. 정신과 의사가 말하길, 그런 오컬트는 있을 수 없기에 그녀가 무의식적으로 사고나 사건을 추구하는 것이라고 했지만 자세한 원리는 불명이었다.

"제 애완동물이라면 괜찮습다."

사라는 다정하게 미소 지었다.

"한 마리 빌려드릴까요? 이 아이라면 유령을 쫓아내 줄 겁다."

사라는 발치에 있던 강아지를 안아 들었다. 까맣고 동그란 다크 초콜릿 같은 개였다.

"안 물어……?"

에르나는 슬쩍 시선만 들어서 쳐다보며 말했다.

"괜찮습다. 확실하게 교육했습다."

"응……."

"지금껏 사람을 문 적은 없습다. 같이 자면 꽤 따뜻합다."

사라의 선전 문구에 혹한 듯했다.

에르나는 침을 꼴깍 삼키고서 오두막에 한 걸음 들어왔다. 그리고 사라가 안은 강아지 쪽으로 조심조심 손을 내밀었다.

강아지는 기척을 느꼈는지 코를 실룩실룩 움직였다.

"저, 정말로 안 물어……?"

에르나는 아직 불안한 얼굴이었다.

"네. 무는 것만큼은 절대 안 하도록 가르쳤─."

덥석.

강아지가 에르나의 손을─ 콱 물었다.

"".............""

너무 갑작스러워서 두 사람 다 반응하지 못했다.

점점 아픔이 커지는지 에르나가 팔을 덜덜 떨고, 입술을 깨물고, 고개를 휘휘 저었다. 눈에서는 왈칵 눈물이 차올랐고—.

"노오오오오오오오오오?!"

"죄, 죄송함다아아아아아!"

에르나의 절규가 울림과 동시에 사라의 비명이 오두막을 뒤흔들었다.

두 소녀의 외침은 다른 소녀가 모습을 보러 올 때까지 5분간 그치지 않았다.

◇◇◇

밤 11시, 다른 소녀들이 잠든 시간에 사라는 저택의 계단을 내려가고 있었다.

'으으. 에르나 선배에게 미안한 짓을 했습다······.'

아까 있었던 일을 떠올리고 어깨를 떨궜다.

다행히 에르나의 손에 상처는 남지 않았다. 장난으로 문 것이리라. 하지만 그렇게나 안 문다고 호언장담한 직후에 그런 추태를 벌이다니 한심했다. 확실하게 교육했다고 생각했는데.

게다가 에르나에게 사과해야 할 일이 또 하나 있었다.

'분명 에르나 선배가 본 『유령』은—'

한숨을 쉬며 1층에 도착하고 문득 깨달았다.

주방에서 빛이 새어 나오고 있었다.

식기가 달그락거리는 소리가 들렸다. 누군가가 있는 듯했다. 소녀들은 이 시간대에 전부 자고 있을 터. 또 다른 주민은 이런 시간에 야식을 먹어 건강을 해치지 않는다.

설마 진짜 유령일 리는 없고.

'……그, 그렇다면 도둑?'

사라의 다리가 후들후들 떨렸다.

애완동물을 한 마리라도 데려올 걸 그랬다고 후회했다.

하지만 발견한 이상 도망칠 수는 없었다. 사람을 부르더라도 최소한 도둑의 얼굴 정도는 확인해야 했다.

열쇠 구멍으로 얼굴을 가져가 안쪽 모습을 확인했다.

"음? 사라인가."

그러자 안에 있던 인물이 간단히 기척을 감지했다.

힉, 하고 한심한 목소리를 내고 말았다. 하지만 냉정히 생각해 보니 목소리의 주인이 누군지 바로 알 수 있었다.

"서, 선생님?"

사라는 주방에 들어갔다.

안에 있던 사람은 클라우스였다. 키가 큰 남성이었다. 머리를 어깨까지 기르기도 해서, 여성으로 잘못 볼 만큼 아름다운 남자였다.

『등불』의 보스이자 소녀들의 교관. 그리고 세계 최강을 자부하는 초일류 스파이.

하지만 그렇게 여러 의미에서 자신보다 높은 사람이 들고 있는 것은 하얀 행주였다.

"뭐, 뭐 하심까?"

"보다시피."

"그릇을 닦고 있는 것처럼 보임다."

"그릇을 닦고 있으니까."

클라우스는 말하면서 재빠른 동작으로 주방에 수납된 식기를 꺼내 물로 씻고 마른행주로 정성껏 문질렀다. 그것들은 평소에 소녀들이 사용하는 그릇이었다. 소녀들이 한 번 씻은 식기도 그가 닦으니 더 반짝거렸다.

군더더기라고는 전혀 없는 그 빠른 솜씨를 사라는 멍하니 바라보았다.

클라우스가 의아해하는 시선을 보냈다.

"왜? 내가 집안일을 하는 게 의외인가?"

"저, 저기, 그릇 닦는 것 정도는 저희한테 맡기시면 될 텐데요."

"아니, 이건 내 훈련이야. 스파이는 요리사나 하인으로 위장하기도 하니까."

그렇게 설명한 후, 그는 목소리 톤을 낮췄다.

"……그리고 예전 팀에서는 내가 말단이었어. 집안일은 습관이야."

그렇게 중얼거린 표정에서 그늘이 느껴졌다. 하지만 그 변화는 너무나 미세했다. 사라의 기분 탓일지도 모른다.

일류 스파이가 평범한 집안일을 하는 광경은 낯설었다. 인간인

이상, 그도 밥을 먹고, 잠을 자고, 목욕하고, 배출할 것이 틀림없지만, 그 인식과 세계 최강의 스파이라는 이미지가 결부되지 않았다.

"사람에게는 여러 측면이 있어."

클라우스는 사라의 곤혹을 헤아린 것처럼 눈을 가늘게 떴다.

"사라, 너도 그렇지 않나?"

"네……?"

"공구함. 밤마다 저택을 수선하는 건 너지?"

퍼뜩 깨닫고 사라는 줄곧 들고 있던 공구함을 뒤로 숨겼다.

깜빡하고 있었다.

클라우스의 말대로— 저택을 수선하던 사람은 사라였다.

그녀가 밤에 방을 빠져나와 낮에 망가뜨린 유리창이나 문을 고치고 있었다.

에르나가 목격한 『유령』은 아마 사라일 것이다.

"—극상이야."

클라우스는 만족스럽게 고개를 끄덕였다.

"현재 상황을 우려하여 동료를 위해 봉사하는 정신은 훌륭해. 특히 그 마음 씀씀이를 타인이 모르도록 배려하는 건 아무나 할 수 있는 일이 아니야."

한바탕 칭찬하고 나서 클라우스는 날카로운 시선을 보냈다.

"하지만 너만 수면 시간을 줄이는 구도는 칭찬할 게 못 돼. 망가짐을 간과할 수 없어서 훈련에 지장이 생기고 있다면 그건 다 같이 수리해야 해."

"그, 그렇죠……."

"내일 다른 녀석들에게도 말해 두마. 수선을 맡겨서 미안했다."

사라는 손을 휘휘 내저어 부정했다.

사과를 받다니 송구스러웠다. 클라우스도 혼자 집안일을 하는 것이 발각되었다. 그가 사과할 이유는 하나도 없었다.

그리고 클라우스는 한 가지 크게 오해하고 있다―.

"저, 저기!"

망설여지기는 했지만 말해야만 한다는 사명감이 웃돌았다.

"저에 관해서는 아무한테도 말하지 않아도 괜찮습니다."

"음, 왜지?"

"수선은 저 혼자서 하면 됩니다. 선배들은 푹 쉬는 편이……."

클라우스는 그릇을 닦던 손을 멈추고서 의문을 숨기지 않고 사라를 보았다. 납득하기 어려운 듯했다.

사라는 분명하게 밝히기로 했다.

"―제, 제가 가장 뒤떨어진다는 자각은 있습다."

"음?"

"저는 양성 학교에 다닌 기간이 팀에서 가장 짧으니까요. 아뇨, 설령 똑같은 기간을 다녔더라도 저는 미숙했을 테지만, 아무튼 변변찮아서……."

스파이 양성 학교는 일반적인 학교와 달리 입학 시의 나이가 일률적이지 않았다.

사라는 열다섯 살이지만 양성 학교에 다닌 기간은 2년이었다. 예를 들어 에르나는 열네 살이지만 양성 학교에 다닌 기간은 4년으로 상당히 차이가 났다.

"다른 팀원들은 저한테『선배』임다."

사라는 고백했다.

"저는 회의할 때도 전혀 발언하지 못하고 발목만 잡고……."

"……최소한 이렇게라도 돕고 싶다는 건가?"

"맞슴다."

사라는 수줍게 자조했다.

"분수에 맞게 행동해라— 양성 학교에서도 그렇게 배웠슴다."

실력이 없는 자신에게 걸맞은 행동이리라.

사라는 부모님이 운영하던 레스토랑이 폐업하여 식비를 벌기 위해 스파이가 되었다. 꿈이나 야망이 있는 다른 소녀들 속에서 자신에게 높은 의식이 있다고도 할 수 없었다.

덧붙이자면 아까도 자신이 미숙한 탓에 동료를 다치게 할 뻔했다.

—가치가 없는 자신은 적어도 주위에 봉사하고 싶다.

사라에게 있는 것은 그 마음 하나였다.

"……양성 학교는 어떤 교육을 하고 있는 거지."

"예?"

클라우스가 화를 내는 것처럼 보였다.

무심코 그 얼굴을 확인했지만 지극히 쿨한 표정으로 돌아와 있었다. 그는 다시 그릇 닦는 작업으로 돌아가 아까보다 더 기민한 움직임으로 수북이 쌓인 식기를 정리해 나갔다.

"사라, 아무튼 오늘은 이만 자. 네 뜻은 알았어."

"아, 넵."

클라우스가 그렇게 말하니 사라는 물러날 수밖에 없었다.

떠나면서 클라우스의 옆모습을 확인했다. 하지만 그의 진의는 헤아릴 수 없었다.

그녀가 그 의도를 깨달은 것은 이튿날 아침이었다.

"릴리 선배, 일어나세요. 요리 당번입니다."

이른 아침, 사라는 침대에서 자는 릴리의 어깨를 때리고 있었다.

아지랑이 팰리스는 기밀성을 유지해야 해서 외부 메이드를 고용할 수 없었다. 수선이나 청소뿐만 아니라 식사도 소녀들이 교대로 준비했다.

오늘 요리 당번은 사라와 릴리지만— 릴리는 늦잠을 자고 있었다.

"……으으, 그만하세요. 저는 과자를 훔쳐 먹지 않았어요."

그녀는 시트에 달라붙어 끙끙거렸다. 사라로부터 도망치듯 침대 위를 데굴데굴 굴러갔다.

"무슨 꿈을 꾸고 있는 검까?"

"……확실히 찬장에는 다가갔어요…… 하지만 안 먹었어요…… 저는 과자를 살짝 이동시켰을 뿐이에요……."

"어디로?"

"배 속으로."

"훔쳐 먹었잖습까!"

크게 외치고서 릴리의 어깨를 세게 밀었다.

침대에서 떨어져 겨우 깨어난 릴리는 「헉……! 무서운 누명을 쓰는 꿈을 꿨어요」라며 헛소리를 했다.

뭐부터 지적하면 좋을지 모르겠다.

"좋은 아침이에요. 어라……?"

릴리는 잠이 덜 깬 눈으로 사라를 보았다.

"사라, 벌써 아침 식사 준비했어요?"

"예? 아뇨, 이제부터 만들어야 함다."

"하지만 좋은 냄새가 나지 않아요?"

릴리가 지적해서 사라도 알아차렸다.

어디선가 감귤 계통의 과일과 올리브유 향기가 났다.

누군가가 당번을 잘못 안 걸까.

"음— 이건 아마도!"

릴리가 눈을 번쩍 떴다.

이불을 내던지더니 눈앞에 있는 사라를 신경 쓰지 않고서 잠옷을 벗고 종교 학교 교복으로 갈아입었다. 전에 없이 기민한 움직임이었다. 눈 깜짝할 사이에 나갈 준비를 마치고서 「사라, 주방으로 가요!」 하고 방을 뛰쳐나갔다.

사라는 영문도 모른 채 뒤를 쫓았다.

아직 해가 완전히 뜨지 않은 복도는 어두워서 뛰기 어려웠다. 망가진 문이 아무렇게나 벽에 세워져 있고, 가장자리에는 벽과 목재의 파편이 방치되어 있는 등 위험천만했다.

역시 본격적으로 수선하는 편이 좋을 것 같다.

그렇게 사라가 머리 한편으로 생각하고 있으니—.

"응?"

좋은 냄새가 강해졌다. 주방에서 누군가가 아침 식사를 만들고 있는 듯했다.

릴리를 따라 계단을 뛰어 내려가자 생각지 못한 인물이 서 있었다.

"좋은 아침이야, 사라, 릴리. 다른 녀석들도 깨워서 데려와 주겠나?"

클라우스였다.

프라이팬에 버터를 두르고서 생선을 굽고 있었다.

평소에는 소녀들과 아침을 따로 먹는데 어째선지 당당히 조리 중이었다. 심지어 양을 보아하니 멤버 전원의 몫을 만드는 것 같았다.

"가끔은 내가 요리를 대접해 주자는 생각이 들어서 말이지."

"역시 선생님이었군요."

릴리가 눈을 동그랗게 떴다.

사라는 아연해했다.

"……갑자기 왜?"

"아, 그래. 드레싱 맛 좀 봐 주겠어?"

클라우스가 작은 그릇을 내밀었다.

도저히 믿을 수 없는 광경에 사라는 경악했다.

평소에 클라우스는 자기가 먹을 요리만 만들었다. 그것을 릴리가 집어 먹고 질책 받는 것이 관례였다. 그런데 굳이 직접 요리하여 소녀들에게 대접하다니.

함정일지도 모른다.

그런 불안은 드레싱을 맛보고 날아갔다. 고추의 풍미가 섞인 톡 쏘는 올리브유와 산뜻한 오렌지 향에 이성이 마비되었다.

"다들 깨워 오겠습다!"

"저도 바로 다녀올게요!"

두 사람은 드레싱을 들고 돌아다니며 아직 자고 있는 소녀들을 깨웠다. 다들 클라우스가 직접 만든 요리를 대접한다는 사실에 반신반의했으나, 드레싱을 맛보고 경악하여 순식간에 식당에 모였다.

주지의 사실이지만 클라우스의 요리 실력은 프로급— 아니, 프로 이상이었다.

초일류 셰프로서 어디든 잠입할 수 있도록 완벽한 기술을 터득하고 있었다.

당연히 요리는 절품이었다.

양상추와 홍합 샐러드, 대구 뫼니에르, 토스트, 호박 포타주, 그리고 디저트로 달걀이 듬뿍 들어간 푸딩까지. 아침치고는 너무 호화로운 메뉴였지만 맛있었기에 거침없이 배에 들어갔다.

클라우스는 일부러 새벽 시장에 나가서 신선한 재료를 사 온 듯했다.

"나님, 클라우스 형님이 보스라서 좋아요!"

"에르나, 평생 따라갈 거야!"

"나보다 요리를 잘하는 사람은 클라우스 씨밖에 없을걸."

"역시 선생님이야. 매일 만들어 준다면 애인이 되어 줄게."

환호성이 일었다.

소녀들이 일제히 절찬해도 클라우스는 표정을 무너뜨리지 않은 채 「부하를 치하하는 건 상사로서 당연해」라고 말했다.

"특히 드레싱이 맛있슴다."

사라가 한숨을 쉬었다.

"이거, 절묘함다."

"이대로도 충분히 맛있지만."

클라우스는 눈을 가늘게 떴다.

"후추와 레드 와인을 넣고 졸이면 최고의 스테이크 소스가 되기도 해."

사라를 포함한 소녀들이 「오」 하고 기대에 찬 목소리를 냈다.

"—그리고 마침 신선한 안심살을 시장에서 사 왔지."

""""""""우오오오오오오오오오오오오!"""""""""

박수와 함성이 동시에 터져 나왔다.

전에 없이 클라우스가 상냥했다. 그리고 궁극의 접대를 해 줬다!

"지금은 밑간하고 재워 뒀어. 오늘 밤에는 최고의 상태가 될 거야."

클라우스의 해설 따위 거의 귀에 들어오지 않았다. 소녀들은 콜로 응했다.

「이상적인 보스!」「자칭 세계 최강!」「어휘력과 반비례한 재능!」 하고 저마다 칭찬을 날리다가 최종적으로 「선생님!」으로 통일되었다.

흥과 기세만큼은 누구에게도 지지 않는 소녀들이었다.

소녀 전원이 박수와 함께 「선생님♪ 선생님♪」 하고 신나게 떠들기 시작했다.

"설마 이렇게나 좋아할 줄은 몰랐어."

""""""""선생님♪ 선생님♪""""""""""

"나도 기뻐. 일찍 일어난 보람이 있었어."

""""""""선생님♪ 선생님♪""""""""""

"하지만, 그런데—."

클라우스가 냉담한 시선을 보냈다.

"—그 고기를 너희한테 먹일 거라고 누가 그랬지?"

콜이 일제히 멎었다.

""""""""…………허?""""""""""

소녀들의 표정이 얼어붙었다.

조금 전까지 치던 박수도 멎으며 시간이 멈춘 것처럼 식당이 고요해졌다.

농담이겠지— 소녀들은 착각했으나 클라우스의 진지한 표정이 진심이라고 이야기하고 있었다.

"어, 으음."

제일 먼저 혼란에서 회복된 릴리가 손을 들었다.

"부하를 치하한다는 얘기는요?"

"아침을 대접했잖아."

"샀다는 안심살은?"

"내 저녁밥이지."

"저희에게 할 말은?"

"빨리 훈련을 시작해."

쌀쌀맞은 말에 소녀들의 감정이 하나가 되었다.

'이 녀석, 진짜냐!'

높이 치솟았던 기대가 쿵 떨어지는 소리가 들렸다.

소녀들은 손바닥을 뒤집어 야유하기 시작했다. 처음에는 「부의 불균등!」 「부르주아 용서 못 해!」 「공산주의 만세!」 하고 저마다 야유를 날리다가 최종적으로 「고기」로 통일되었다.

소녀들은 다시 박수와 함께 아우성치기 시작했다.

"""""""""고~기! 고~기! 고~기!"""""""""

"시끄러워."

혼났다.

소녀들은 바로 입을 다물었다.

그 묘한 콜을 마음에 들어 하지 말라며 클라우스가 작은 목소리로 지적했다.

"……그렇게 스테이크가 먹고 싶다면 나와 대결하지 않겠나?"

"대결?"

"평상시 훈련과는 취향을 바꿔 볼까 해서 말이지. 내게 이기면 스테이크를 먹게 해 주겠어. 지면 벌을 줄 거다."

마침내 클라우스의 의도가 보였다.

아침 식사를 대접한 것은 이 대결을 위한 포석이었던 모양이다.

"아, 아니, 그건 혹하는 제안이지만⋯⋯."

사라가 조심스럽게 말하며 눈썹을 찡그렸다.

"역시 먹을 거로 낚는다는 생각은 너무 단순한 것 같은—."

"저는 참가하겠어요!" "에르나도!" "나도 참가하겠어." "나도 참가할까."

"⋯⋯아, 그렇습까."

어이없어하는 사라의 목소리를 지우듯 속속 참가 표명이 터져 나왔다.

전원이 클라우스의 요리에 사로잡혀 있었다. 풍부한 풍미의 드레싱을 맛보고 나니 자연스럽게 스테이크의 맛도 상상이 갔다. 클라우스의 제안을 거절할 이성은 남아 있지 않았다.

"—극상이야."

이 전개를 예상한 것처럼 클라우스는 자리에서 일어났다.

"걱정하지 마. 나도 악마는 아니야. 너희가 몇 배나 유리해."

그렇게 갑자기 발발한 대결에 이의를 제기하는 자는 없었다.

대결 방식은 다음과 같았다.

클라우스와 소녀들이 문 수선, 대욕탕 청소, 복도 비질, 유리창 보수, 창문 닦기의 속도를 겨루는 것이었다. 한 라운드씩 대결하여 한 번이라도 소녀들이 이기면 스테이크를 먹을 수 있다. 폭력 등의 방해 행위는 금지.

규칙만 들으면 소녀들이 상당히 유리한 대결이었다. 어쨌든 8 대 1이니까.

"이것도 훌륭한 훈련이다. 대충 하지 마."

공작과 잠입 조사에 필요한 기술을 갈고닦을 수 있다고 했다.

실무적인 의도와는 관계없이 소녀들의 투지는 활활 타오르고 있었다. 승리하면 최고의 고기를 먹을 수 있다. 클라우스가 굳이 말하지 않아도 대충 할 리가 없었다.

1라운드는— 빠진 문 수선.

소녀들과 클라우스가 날뛴 탓에 저택의 문이 몇 개 망가져 있었다. 새 나무로 문틀을 보수하고 새로운 경첩을 달아야 했다.

망가진 문은 두 개. 마침 나란히 늘어선 위치였다.

"인원수를 살리는 게 열쇠임다."

사라는 눈썹을 찡그렸다.

"하지만 여덟 명이라는 인수를 군더더기 없이 통솔하는 건 매우 어려울 것 같은데……."

그런 사라의 불안에 대답하듯 티아가 여유롭게 웃었다.

"어머, 내가 지휘하면 완벽하게 통솔할 수 있어."

사라는 납득하여 「아」 하고 말했다.

티아의 목소리에는 신기한 매력이 있었다. 잡음이 가득한 곳에서도 자연스럽게 귀에 꽂혔다.

"여덟 명이어도 나라면 인원수를 최대한으로 살리는 지시를 내릴 수 있어. 아무리 선생님이어도 승산은 없어."

"여, 역시 대단함."

"그리고 자세한 작전은— 그레테, 준비됐니?"

"네, 이미 준비해 뒀습니다……."

이름을 불린 빨간 머리 소녀가 티아에게 문서를 건넸다. 이 짧은 시간에 작전이 빽빽이 적혀 있었다.

그레테가 계획을 담당하고 티아가 운용하는 분담이 이미 완성되어 있는 듯했다.

"후후, 우리의 힘을 보여 주겠어."

그레테가 쓴 계획서를 보며 티아가 자랑스럽게 미소 지었다.

믿음직한 지휘관을 따라 소녀들은 문 앞에 섰다. 클라우스는 옆에 있는 문 앞에서 스트레칭을 하고 있었다.

대형 홀에 놓인 괘종시계가 크게 울렸다.

그것이 시작 신호였다.

"지비아는 우선 보수할 부분의 길이를 재!"

티아의 목소리는 마음에 직접 호소하는 것 같았다.

"모니카랑 릴리는 목재를 잘라! 어림잡아 잘라도 돼. 사라는 마무리로 바를 방수제와 페인트를—"

"—끝났어."

클라우스의 목소리가 들렸다.

소녀들이 활동하기 시작한 타이밍과 거의 동시에.

"뭐……?"

티아가 얼빠진 소리를 냈다.

사라가 고개를 돌리니 클라우스 앞에 마법처럼 깨끗하게 고쳐진 문이 있었다. 조금 전까지 문틀마저 파괴되어 있었는데 그 흔적조차 사라진 상태였다.

"어떻게……?"

티아가 중얼거렸다.

"목재는 톱을 쓰기보다 단검을 푹 찔러서 적당히 움직이는 편이 빨라."

"처음부터 이해가 안 되는데……."

"사이즈는 눈대중으로 정밀하게 파악하고, 그런 다음 산에서 내려오는 겨울바람처럼 재빠르게 망가진 문틀에 끼우고 경첩을 단 뒤, 위에서부터 페인트를 칠하면 끝이야."

"『눈대중으로 정밀하게』라니 그게 뭐야?!"

중요한 부분이 전부 추상적이었다.

사라는 새삼 클라우스의 특성을 떠올렸다.

'—초월적인 감각을 지닌 천재.'

클라우스의 기능은 대부분 무의식적이다. 셔츠 입는 법이나 단추 잠그는 법을 말로 제대로 설명할 수 없는 것처럼 그는 기술을 설명하지 못했다. 소녀들이 할 수 없는 신기를 무의식적으로 습득하고 있었다.

그 결과 무시무시하게 지도가 서툴다는 결점을 지녀서 『나를 습격하라』라는 바보 같은 훈련을 거듭하게 되었지만, 그것 또한 보통내기가 아닌 그의 실력을 나타냈다.

지도 말고는 만능.

그것이 『등불』의 보스인 클라우스에게 내려진 평가였다.

"진짜 괴물 같습다……."

사라는 그렇게 아연실색할 수밖에 없었다.

"……그럴 수가."

티아가 한심한 목소리를 내며 털썩 무릎 꿇었다.

2라운드— 욕탕 청소.

평소 소녀들이 사용하는 대욕탕이었다.

당번이 때때로 청소하고 있지만 곰팡이와 물때가 쌓이기 시작한 상태였다. 이 대욕탕을 절반으로 나눠서 누가 먼저 청소를 끝내는지 겨루기로 했다.

"일단 1라운드를 반성하자면."

모니카가 짜증스레 콧방귀를 뀌었다.

"우선 여덟 명 전원이 수선에 매달린 게 문제야. 아무리 통솔해도 인수가 너무 많아. 방해되잖아? 그 문제를 어떻게 인식하고 있는지 따지고 싶어."

모니카가 1라운드의 중심인물이었던 티아에게 시선을 돌리니—

그녀는 욕탕 끄트머리에 웅크리고 있었다. 「으으으, 왜 제대로 안 풀리는 거야……」 하고 중얼거리며 무릎에 얼굴을 묻고 있었다.

진짜로 풀이 죽은 모습이었다.

"그 무진장 약한 멘탈, 어떻게 안 돼?"

"……남자에게 네 번 헌팅받으면 회복돼."

"색녀의 정신 요법은 굉장하네."

"……가방을 사 준다면 한 번으로 충분해. 꽃다발을 선물해 준다면 세 번이면 돼."

"계산 문제냐."

에르나가 재빨리 「5꽃다발과 1헌팅으로 약 2가방 상당이야」 하고 계산했다.

릴리도 「2꽃다발과 3헌팅이 대체로 같네요」 하고 코멘트했다.

"……그런 거야."

"그게 뭐야!"

모니카가 호통쳤지만 어쨌든 티아는 재기 불능인 것 같았다.

사라는 티아의 등을 쓸어 주며 의문을 꺼냈다.

"하지만 인원수를 줄인다고 해도 어떻게 싸워야 함까……? 탈락 자도 나왔는데―."

"오히려 방해가 줄었으니 딱 좋아. 신체 능력이 높은 멤버를 중심으로 조를 짜자."

모니카가 불손하게 코웃음 치자 백발 소녀가 반응했다.

"즉― 내가 나설 차례라는 거지?"

지비아였다. 바로 팔을 돌리며 스트레칭을 시작했다.

납득이 가는 인선이었다. 신체 능력이라면 모니카와 지비아가 『등불』의 투톱이었다.

모니카가 고개를 끄덕였다.

"그리고 한 명이 클라우스 씨를 방해하자."

"반칙임다."

사라가 눈을 동그랗게 떴다.

"물리 공격은 그렇지."

모니카가 손가락을 딱 튕겼다.

"릴리, 부탁해."

릴리가 손을 들었다.

"알겠습니다~ 괴롭히는 거라면 맡겨 주세요!"

"……즐거워 보이네요."

한숨을 쉴 수밖에 없었다.

하지만 냉정하게 돌이켜 보니 모니카의 판단이 최선이었다. 현실적이었고, 아슬아슬하게 규칙에 저촉되지 않았다.

직후, 개시 신호가 울렸다.

사라는 지비아와 함께 솔을 들고 대욕탕의 물때를 없애 나갔다. 넓이가 있으니 이번에는 순식간에 끝나지 않을 것이다. 모니카와 지비아는 미끄러지듯 이동하며 차례차례 바닥을 닦아 나갔다. 다른 소녀들을 월등히 능가하는 엄청난 속도였다.

이렇게 가면 이길 수 있을지도 모른다.

사라의 기대가 커지는 가운데, 확실하게 끝장을 내겠다는 듯 릴리가 클라우스에게 다가갔다.

"헤이~ 선생님. 근데 친구 있어요? 없겠죠~. 제가 놀아 드릴까요? 돈을 내시면 돼요! 고독한 자에게 상냥한 릴리니까요! 응? 아무런 대꾸도 안 하시네요? 설마 청소에 몰두한 척 고민 중이신가요~?"

옆에서 듣는 사라마저 짜증이 나는 도발이었다.

이런 종류의 재수 없음은 릴리를 능가하는 자가 없었다.

하지만 클라우스에게는 효과가 없는 듯했다. 그가 솔을 움직이는 소리는 일정했다.

"그런데 릴리."

침착한 목소리가 울렸다.

"나한테 이겨서 어쩔 거지?"

"응?"

"나한테 이기면 확실히 너는 스테이크를 먹을 수 있어. 하지만 고기는 8등분되겠지. 네가 먹을 수 있는 건 고작 하나. 그걸로 만족할 수 있나?"

"흥, 소용없어요. 그, 그렇게 전의를 꺾으려고 해도—"

"내 편에 붙으면 스테이크를 독점할 수 있다는 발상이— 머릿속을 스치지는 않았나?"

"……"

줄곧 시끄러웠던 릴리가 조용해졌다.

불길한 예감이 들었다.

스파이 교실 단편집 01 신부 로얄
발매 기념 초판 한정 특전

[NOT FOR SALE]
©Takemachi, Tomari 2021
KADOKAWA CORPORATION

—8등분과 독차지. 어느 쪽이 이득인가. 아니, 애초에 클라우스를 이길 수 있는가. 확실하게 고기를 얻는 선택은 무엇이지?

지금 릴리는 그런 생각을 하고 있는 걸까.

"똑똑한 너라면 알겠지."

릴리가 답을 정한 듯했다.

근처에 있던 샤워기를 잡고 수도꼭지를 한계까지 틀었다.

"모니카, 지비아! 갑자기 샤워기에서 물이 멋대로오오오오오오!"

그렇게 아우성치며 릴리는 모니카와 지비아에게 냉수를 분사했다.

2연패.

홀에는 온몸이 와이어로 묶인 릴리가 있었다.

그리고 쫄딱 젖은 모니카가 그녀의 배에 잽을 날리고 있었다.

"너 말이야! 응? 너! 얼마나 내 발목을! 잡아야! 직성이 풀리는 건데?! 응?"

말을 끊을 때마다 모니카가 주먹을 날렸고, 그때마다 릴리가 으혁 하고 신음했다.

사라는 격노한 모니카를 말리려고 했지만, 릴리 본인이 「고문에 굴복하지 않을 거예요!」라며 세게 나왔기에 그냥 내버려 뒀다. 최종적으로 클라우스가 「릴리, 아까 한 얘기는 거짓말이야」라고 고하자 그녀는 「이 배신자아아아아아!」라며 단말마의 절규를 터뜨렸다.

"네가 할 말은 아니야아아아아아아아!"

모니카의 주먹이 릴리의 배에 한 방 더 꽂혔다.

하지만 그 후로도 소녀들은 연패를 거듭했다.

3라운드— 복도 비질.

한 번의 패배로 좌절한 티아, 쫄딱 젖어서 옷을 갈아입고 있는 모니카와 지비아, 복부를 부여잡고 웅크린 릴리까지 어째선지 일시 탈락자가 많은 상황에서 작은 소녀들이 일어났다.

"이제 언니들한테 못 맡기겠어."

"나님, 누님들이 상상 이상으로 꼴통이라 실망했어요!"

에르나와 아네트였다.

그녀들이 한 팀이 되어 비질에 임했다. 에르나가 가벼운 몸놀림으로 빗자루를 다뤘고, 게다가 창문으로 갑자기 들어오는 돌풍을 예상하여 클라우스에게 먼지를 잔뜩 떠넘기는 데 성공했다. 하지만 아네트가 「나님, 원호할게요!」라며 꺼낸 특제 청소 머신이 에르나가 몰아낸 먼지 때문에 폭주했고.

어째선지 에르나가 청소 머신에 흡입되는 해프닝이 발생하며 패배했다.

「나님, 에르나가 방해하지 않았다면 이겼을 거라고 생각해요!」 하고 아네트가 말했다.

「어떻게 생각해도 네 탓이야!!」 하고 에르나가 응수했다.

최종적으로 패인을 서로에게 떠넘기는 결말이었다.

4라운드— 유리창 보수.

옷을 갈아입은 모니카가 뛰어난 속도와 기술로 창문을 고쳐 나갔다. 격노한 그녀는 동료를 전혀 의지하지 않는 전법을 취했으나 일대일로 클라우스를 이길 수 있을 리 없어서 패배했다.

그리고 순식간에 막판에 몰렸다.

마지막 5라운드— 창문 닦기.

예전에 소녀들이 연막을 써서 저택의 모든 창문이 거뭇거뭇했다. 안쪽 유리는 닦을 수 있었지만 바깥쪽의 2층 창문은 여전히 더러운 채로 방치되어 있었다. 연막을 밖으로 배출할 때 매연이 묻었을 것이다.

그 2층 창문— 합계 40개를 누가 더 빨리 닦는지 겨루는 대결이었다.

하지만 소녀들의 사기는 높지 않았다.

—승산이 보이지 않았다.

클라우스가 너무 강했다.

창문 닦기도 그가 단련한 초인적인 스킬로 압승할 것이 눈에 보였다.

2층이라는 높이조차 그는 개의치 않을 터다.

저택의 정원에서 소녀들은 우울한 얼굴로 창문을 올려다보았다.

사라도 절망적인 기분으로 서 있었다.

'선배들조차 전혀 상대가 안 되다니……'

두뇌, 신체 능력, 타인과는 일선을 긋는 특수 능력—.

자신보다 뛰어난 사람의 처참한 결과에 어깨를 떨궜다.

'이기는 건 역시 무리이지 않을까……'

유일하게 기죽지 않은 사람은 릴리뿐이었다.

동료의 의욕을 높이기 위해서인지 「고~기♪ 고~기♪」 하고 콜을 시작했다. 따라 하는 사람도 없었지만, 이윽고 시작한 본인이 「고기!」 하고 외치며 힘차게 마무리했다.

"자, 어떻게 담당을 나눌까요?"

역전할 방법을 찾기 위해 창문을 올려다보며 침음을 흘렸다.

그 얼굴은 매우 진지했지만—.

"……아까 배신한 사람의 발언이라고는 생각할 수 없네요."

"그, 그건 그거고 이건 이거죠!"

사라의 발언에 릴리는 허둥지둥 손을 휘저으며 둘러댔다.

"—저는 원하는 걸 이 손으로 잡을 때까지 포기하지 않아요."

좋게도 나쁘게도 그녀의 멘탈은 굉장했다. 동기는 고기지만.

"문제는 물이에요."

릴리가 불쑥 중얼거렸다.

"물이요?"

"창문을 빨리 닦으려면 비눗물이나 물을 써야 하잖아요. 물을 호쾌하게 뿌려서 때를 불리고 핸드와이퍼로 닦으면 순삭이에요."

핸드와이퍼는 T자형 청소 용품이었다. 근래 발명된 편리한 도구인데 고무제 블레이드로 웬만한 오물은 다 닦을 수 있었다. 정식 명칭은 스퀴지.

"하지만 2층이라서 물을 운반하는 게 번거롭단 말이죠~ 귀찮지만 분무기로 조금씩 표면을 적시기로 할까요."

사라는 벌써 준비하기 시작한 클라우스를 확인했다.

그의 허리에 큼직한 분무기가 있었다. 그도 분무기를 이용하려는 듯했다.

─만약 한 번에 창문을 적실 방법이 있다면.

뭔가 생각이 날 것 같았다.

가장 간단한 방법은 물을 양동이에 담아서 뿌리는 것이다. 하지만 릴리가 지적한 대로 2층 창문에 정확히 뿌리려면 운반하기가 귀찮다. 운반에 일손을 할애하면 이번에는 창문을 닦을 인원이 부족해진다.

'어라, 하지만……'

하나 생각이 났다.

공중에 있어도 동료에게 물을 전달할 방법이 있었다.

─자신만이 쓸 수 있는 수단.

사라의 생각이 거의 정리되었을 때, 시작 신호가 울렸다.

동료들은 승기가 안 보이는 채로 창문을 닦으려고 했다.

"선배님들!"

사라가 외쳤다.

"한 사람이 한 곳씩 2층 창문으로 올라가 주세요!"

소녀들은 일순 곤혹스러운 표정을 지었지만 이내 사라의 목소리에 따르기 시작했다. 벽의 튀어나온 곳을 잡고 거침없이 2층까지 올라갔다.

그 틈에 사라는 1층 주방으로 뛰어가 어떤 물건을 손에 넣었다.

준비는 순식간에 끝났다.

"코드 네임 『초원』— 뛰어다닐 시간임다."

그렇게 기운을 북돋으며 손을 번쩍 들었다.

"버나드 씨! 에이든 씨!"

그녀의 호령과 함께 정한한 눈을 가진 매와 통통한 비둘기가 날았다. 그들은 물이 든 깡통의 손잡이를 발로 잡고 힘차게 비상했다.

티아가 의도를 이해한 듯했다. 「얘들아!」 하고 최소한으로 외쳤다.

그것만으로도 소녀들에게 전달된 것 같았다. 새들에게서 깡통을 받아 거기에 든 물을 창문에 힘껏 뿌렸다. 창문 전체가 빠짐없이 젖자 소녀들은 핸드와이퍼로 깨끗하게 닦아 나갔다.

분무기보다 단연코 빨리 끝났다.

소녀들은 빈 깡통을 던지고 다음 창문으로 향했다.

"조니 씨!"

사라가 외친 순간, 강아지 한 마리가 뛰어다니며 머리에 얹은 바구니에 빈 깡통을 회수해서 사라 곁으로 돌아왔다.

마치 자신의 손발처럼 동물들을 움직여 나갔다.

—조교.

그것이 사라가 갖춘 재능이었다. 인간은 할 수 없는 임무를 가능케 하는 스킬.

사라는 빈 깡통에 재차 물을 담고 다시 새들에게 건네 동료들에게 전달했다. 주방에서 나와 정원의 상황을 확인했다.

소녀들이 한발 앞서고 있는 듯했다. 모니카와 지비아가 타고난 순발력을 발휘하여 차례차례 끝내고 있었다.

적의 모습을 살피려다가 창문에서 창문으로 이동하는 클라우스와 시선이 마주쳤다.

《제법이잖아.》

그렇게 눈으로 말하는 것 같았다.

물론 그의 의도는 눈치챘다.

—준비해 준 것이다. 자신이 빛날 수 있는 순간을.

완벽하게 지휘하지 못해도, 보기 드문 신체 능력이 없어도, 좌절하지 않는 멘탈조차 없어도, 그래도 자신만이 할 수 있는 일이 있다.

"지금부터임다."

클라우스의 시선에 부응하여 그녀는 손으로 휘파람을 불었다.

결국 소녀들은 패배했다.

"으으으, 고기이."

릴리가 식당에서 눈물을 흘렸다.

"뭐 어때. 자비로 하나 줬잖아."

모니카가 위로했다.

마지막 라운드는 거의 이길 뻔했지만 결국 클라우스가 한 수 위였다. 초인적인 운동 능력으로 창문을 닦아서 1초 차이로 승리를 거두었다.

다섯 라운드 중에서 가장 아깝게 진 전적을 인정하여 클라우스는 스테이크를 딱 하나 구워 줬다.

300그램.

자비가 느껴지는 크기이긴 했으나 8등분하면 한 조각으로 끝나는 양이었다. 릴리는 처음엔 풀이 죽어 있었지만 고기를 입에 넣은 순간 「맛있어! 고기♪」 하고 감동하며 순식간에 기분을 풀었다.

참고로 클라우스가 패자에게 내린 벌은 다른 파손된 곳도 수복하라는 것이었다. 상당히 힘든 작업을 끝낸 후 먹는 만찬이었다.

모니카가 하품했다.

"그럼 나는 이만 자야겠어. 뭔가 피곤해."

정리를 맡기고 식당에서 떠나려고 했다.

그때, 자리에서 일어난 사라가 뒤에서 그녀를 불러 세웠다.

"저기! 제안 하나 해도 될까요?"

용기를 내서 외쳤다. 얼굴이 뜨거워졌다.

"역시 수선 담당을 신설하는 게 어떨까요? 그 편이 좋습다."

사라는 쭈뼛쭈뼛 동료들을 보았다. 동료들은 평소에 두드러진 발언을 하지 않던 사라의 제안이 의외인 것 같았다. 당혹스러운 감정이 얼굴에 드러났다.

모니카는 발을 멈추고 눈썹을 찌푸렸다.

"어제도 말했지만 나는 반대야."

내뱉는 말투였다.

"2주 후에는 목숨을 건 임무잖아? 그럴 여유가 있다고 생각해?"

"하지만 수선도 훌륭한 훈련임다. 타깃을 함정에 빠뜨리는 것만이 스파이가 아님다."

"……가뜩이나 청소랑 식사 당번만으로도 귀찮은데."

"모니카 선배, 지금도 가끔 땡땡이치고 있죠?"

"……."

모니카가 입을 다물었다.

티아와 릴리가 동시에 웃음을 터뜨렸다.

"우와, 꼴사나워."

"완전히 설복당했네요."

모니카가 두 사람의 멱살을 동시에 잡고서 「너희가 발목 잡지 않았으면 나는 이겼거든?」 하고 이제 와서 대결에 대한 불만을 말했다. 세 사람이 한바탕 싸우고 옥신각신하며 난리를 친 후에 사라

가 정리하듯 말했다.

"물론 모니카 선배의 강함은 존경함다."

그 말은 당당히 할 수 있었다.

"하지만 당번은 당번임다. 다 같이 평등하게 하죠."

다른 소녀들이 사라를 빤히 바라보았다.

―사라가 적극적으로 발언하고 있다.

그런 놀람이 시선에 담겨 있었다.

사라는 자신의 모자를 꽉 잡고서 고개를 숙였다.

"……그런 생각이 없진 않은데, 여, 역시 과분한 발언이었을까
요……?"

"에르나는 대찬성이야."

이어서 발언한 사람은 에르나였다.

그러자 다른 소녀들이 박수를 보내기 시작했다. 저택이 얼추 깨
끗해져서 그녀들도 지내기 편하다고 느낀 듯했다. 사라의 발언을
받아들여 줬다.

모니카는 거북한 표정을 짓고 있었지만 이내 「선처할게」라며 쿨하
게 인정했다.

그날 밤, 축사에 가니 생각지 못한 인물이 있었다.

"선생님."

클라우스였다.

가스식 랜턴을 들고서 매의 배를 상냥하게 쓰다듬고 있었다. 그의 발밑에는 양동이에 든 붉은 살코기가 있었다.

"신선한 고기가 남았으니까. 이 아이들은 먹을 수 있나?"

소녀들에게 주지 않아서 남은 스테이크 고기를 가져온 모양이었다.

"그래도 됨까? 저는 기쁘지만, 선생님한테는 단순한 동물일 텐데……."

"오늘의 MVP는 너랑 이 아이들이잖아."

사라는 클라우스의 후의를 감사히 받아들여 애완동물들에게 줬다. 특제 먹이만을 먹는 매를 제외하고 다른 동물들은 평소에 먹을 수 없는 호화로운 고기에 기뻐하는 것 같았다.

어쩌면 클라우스는 처음부터 동물들에게 고기를 줄 생각이었을지도 모른다. 지방분이 적은 안심살은 동물에게 주기 적합한 부위였다.

클라우스는 고기를 먹는 동물들을 온화한 눈으로 바라보았다.

"선생님, 혹시."

그 옆모습이 사라는 문득 신경 쓰였다.

"가끔 여기 오심까?"

"……왜 그렇게 생각하지?"

"익숙해 보이고, 에르나 선배가 유령을 봤다고 했슴다."

처음에는 당연히 자신을 잘못 본 것인 줄 알았지만 『길쭉한 실루엣』이라는 표현이 마음에 걸렸다. 물론 사라의 키로도 빛의 각도에 따라서는 그림자가 길어지지만―.

"나는 동물을 좋아해."

클라우스는 간단히 인정했다.

"왠지 의외임다."

사라는 웃었다.

"첫인상은 좀 더 차가운 사람이었슴다."

"어제도 말했잖아. 사람에게는 여러 측면이 있어."

"그렇죠……"

"사라, 너는 좀 더 적극적으로 굴어도 돼. 확실히 지금은 남들보
다 못하다고 느끼기도 하겠지. 하지만 너의 능력과 정신이 빛나는
순간은 앞으로도 많을 거야."

클라우스는 이것을 전하고 싶었던 것이리라.

훈련이라면서 일부러 자신이 활약하기 쉬운 상황을 준비해 줬다.
단순히 말로 격려하는 것보다도 명확한 방법이었다.

―그래서 자신은 당당히 의견을 주장할 수 있었다.

사라는 심장이 두근두근 크게 뛰는 소리를 들었다.

"알겠슴다."

"―극상이야."

클라우스는 고개를 끄덕였다.

중요한 용건은 끝났다는 것처럼 클라우스는 새로운 안심살을 집
었다. 까만 강아지 앞에 놓자 정신없이 먹기 시작했다.

"특히 이 아이가 귀여워."

클라우스가 조용히 중얼거렸다.

아무래도 강아지가 마음에 든 것 같았다.

"조니 씨입니다. 태어났을 때는 무는 버릇이 있었지만 최근에는 완전히 얌전해져서 사람을 문 적 따위…… 한 번밖에 없습니다."

"한 번은 문 건가."

"에르나 선배의 손을 조금."

"그 아이답군."

클라우스는 눈을 접고서 강아지의 목을 쓰다듬었다.

"그럼 나라면 문제없겠어. 동물을 다루는 데는 익숙—."

덥석.

강아지가 클라우스의 손을— 콱 물었다.

""………….""

두 사람은 동시에 침묵했다.

모든 것이 정지한 듯한 착각에 빠졌지만— 이윽고 눈앞의 상황을 이해한 사라의 얼굴에서 핏기가 가셨다.

"죄, 죄송—."

"사과하지 않아도 돼. 우호를 표하는 거겠지."

질책을 각오했지만 클라우스는 태연했다.

표정이 미동도 없었다.

"예? 아니, 하지만……."

강아지는 여전히 클라우스의 손을 물고 있었다. 장난삼아 무는 거여도 뾰족한 이빨은 그의 피부에 박혀 있을 터다.

클라우스는 담담히 말했다.

"내가 실패할 것 같아? 같이 장난치는 거야."

"물론 실패하지 않을 거라고 생각하지만……."

하지만 물렸다는 상황은 변함없었다.

사라는 조심조심 물었다.

"……저기, 혹시 괜찮은 척하시는 겁까?"

"그렇, 지는 않아."

"방금 아픔을 참았죠?"

"아니. 전혀 안 아, 파."

"부자연스럽게 말이 끊어졌습다!"

그럴 때가 아니기는 했지만 웃음이 났다.

또 클라우스의 생각지 못한 일면을 봤다.

그가 말한 대로였다. 사람을 한쪽 면만 보고 평가할 수는 없다. 타이밍과 상황에 따라서 여러 가지 다른 면을 보여 준다. 세계 최강의 스파이가 개에게 물려 필사적으로 괜찮은 척할 때도 있다.

그렇다면 자신이 대활약할 수 있는 순간도 올 터다.

개 한 마리 조교하지 못하는 미숙한 스파이여도, 언젠가—.

희미한 희망을 느끼며 사라는 허둥지둥 강아지를 떼어 냈다.

막간 인터벌①

지비아와 사라가 이야기를 마쳤다.

두 사람 다 클라우스와의 에피소드를 확실하게 이야기했다. 물론 나름대로 각색하거나 얼버무리기도 했지만 대체로 진실을 말했다.

—훈련을 통해 클라우스와 신뢰 관계를 쌓아 올린 이야기.

지비아가 민망해하며 손을 내저었다.

"그보다 생각해 봐. 나 때는 전부 대화를 도청하고 있었잖아? 위장 결혼 얘기 같은 건 안 했어."

사라도 새빨간 얼굴로 변명했다.

"저, 저도 겨, 결혼 같은 건 무리임다. 더 어울리는 사람이 있슴다!"

두 사람의 증언에서 거짓말 같은 거짓말은 찾을 수 없었다. 《신부》의 모습은 보이지 않았다.

소녀들은 「으음」 하고 신음할 수밖에 없었다.

한편 클라우스는 홀 옆 복도를 지나고 있었다.

문틈으로 실내 광경이 보였다. 둥근 테이블에 둘러앉아 소녀들이 격론을 벌이고 있었다. 그 목소리에는 열이 담겨 있어서 그녀들이 얼마나 진지한지 전해졌다.

'저 녀석들은 뭘 하는 거지……'

예상은 했지만, 결국 《신부》를 밝혀내려는 모양이다.

훈련하라고 말하려다가— 직전에 그만뒀다.

'가혹한 임무에서 살아남은 뒤니까. 이 정도는 허락해야 하려나.'

청춘을 누리라고 말한 사람은 자신이다. 원하는 대로 하게 두자.

열중해 있는 그녀들에게 찬물을 끼얹는 것도 내키지 않았다.

클라우스는 소녀들의 얼굴을 몰래 바라보았다.

'……어쩌면 나는 저 아이들에게서 많은 것을 빼앗았을지도 몰라.'

그가 소녀들을 『등불』에 선발하지 않았다면 그녀들은 양성 학교에서 생활할 수 있었다. 목숨을 건 임무에 도전하지 않고 동기와 밤낮으로 함께 지내며 천천히 훈련을 쌓을 수 있었다. 낙오자여도 친구가 한 명도 없지는 않았으리라.

'한동안은 이런 시간을 줘야겠어. 당분간 임무는 나 혼자 수행하면 돼.'

그렇게 납득하고서 클라우스는 새로운 임무를 수행하기 위해 현관 밖으로 나갔다.

《신부》 재판은 계속되었다.

지비아와 사라가 용의자에서 제외된 지금, 다음은 누구를 의심해야 할까.

"……다음으로 득표수가 많았던 사람은 릴리 씨와 모니카 씨죠."

그레테의 말에 소녀들은 팔짱을 끼고 고민했다.

도중에 티아가 「……그러고 보니 아무도 나를 《신부》라고 의심하지 않네. 왜일까?」라고 발언했고, 아네트가 「클라우스 형님은 티아 누님을 불편해하니까요」라고 지적해서 「그래?」 하고 놀랐지만 귀를 기울일 필요는 없을 것이다.

소녀들은 생각하기 시작했다.

확실히 클라우스와 릴리 사이에는 일정 수준의 신뢰가 있는 것 같았다. 하지만 스파이로서 실력이 불안한 릴리를 클라우스가 임무에 데려갈 것 같지는 않았다.

이윽고 소녀들의 시선은 모니카 한 명에게 모였다.

"나? 제정신이야?"

모니카는 입가를 일그러뜨려 냉소했다.

"그럴 리가 없잖아. 클라우스 씨랑 친하지도 않고 말이지."

"하지만."

릴리가 발언했다.

"모니카는 제국에서 단독으로 행동했었죠?"

한번 의심이 들자 그럴듯한 의혹이 더해졌다. 테이블의 분위기가 한층 더 팽팽해졌다.

모니카는 한숨을 쉬었다.

"알겠어. 다음은 내가 얘기할게. 다만 돌아보고 싶은 사건이 하나 있어."

「사건이요?」 하고 릴리가 말했다.

"미트파이 가게 소동. 말하자면 그레테의 사랑을 응원하는 것 같은 소동이었잖아? 그때 수상한 인물은 없었는지 확인할 수 없을까?"

아아, 하고 소녀들이 납득했다. 확실히 미트파이 가게 사건은 그레테의 연심과 관계가 있었다. 만약 《신부》가 클라우스에게 희미한 연심을 품고 있다면 뭔가 수상한 움직임을 보였을지도 모른다.

이윽고 모니카가 이야기하기 시작했다.

《신부》를 둘러싼 의논은 다음 에피소드로 넘어간다.

3장　case 모니카

—한 달간 훈련을 거치고『등불』의 불가능 임무가 시작됐다.

소녀들은 가르가드 제국에 잠입하여 숨어들 연구소의 정보를 모아 나갔다.

티아와 그레테는 후방에서 정보를 정리하는 역할을 맡았다. 클라우스가 정한 방침을 토대로 계획을 짰다. 일손이 부족할 때는 그녀들도 타깃에게 접근했다.

"잘 들어, 그레테. 남성을 농락하는 손쉬운 방법은 보디 터치야."

"……오늘 티아 씨가 실천한 수단 말이죠. 공부가 됩니다."

그런 기묘한 사제 관계를 구축하면서.

지비아와 릴리는 전달받은 임무를 차례차례 소화해 나갔다. 앤디 연구소에서 일하는 사무원으로부터 지갑을 훔치고, 협박하기 위해 마약상에게서 리스트를 훔치고, 도매 사무소에 잠입하여 연구소 내 물품 구입 예정을 알아내고— 예를 들자면 끝이 없었다.

「이거 우리가 제일 힘들지 않나요?!」하고 릴리가 비명을 질렀다.

「아니, 우리한테 오는 건 실행조 전체 임무의 절반이라고 해」하고 지비아가 중얼거렸다.

두 사람은 녹초가 되어 가며 온 제국을 돌아다녔다.

사라, 아네트, 에르나는 다른 조의 보조를 맡았다.

그녀들도 많은 일을 소화하고 있었다.

지갑으로 위장할 수 있는 무기를 만들어 달라. 쥐를 이용해 사무소에서 사람을 내쫓아 달라. 트러블을 일으켜서 시간을 벌어 달라. 그런 의뢰를 완수해 나갔다.

"완성, 나님 특제 고무공이에요! 에르나로 실험할래요!"

"으, 응?! 둔탁한 소리를 내면서 기분 나쁠 정도로 튀어! 위험해!"

"지시서대로 쇠를 넣었군요. 그럼 발송하겠습다. 두 사람은 쉬세요."

정신적으로 미숙한 아네트와 에르나를 사라가 잘 아울렀다.

불안정한 문제아를 챙기는 것은 사라만이 할 수 있는 중요한 역할 중 하나였다.

하지만 모든 것이 순조롭게 흘러가지는 않았다.

첫 실전에 실수를 거듭하는 사람도 있었다. 엄습하는 긴장 때문에 손발을 떠는 자도 있었다. 조금만 삐끗하면 경찰에게 구속당해 그대로 제국 육군이나 방첩 기관에 넘겨진다. 붙잡힌 스파이는 고문 끝에 죽는다. 그걸 상상하고 부르르 떠는 소녀도 많았다.

물론 그럴 때마다 클라우스가 보조했다.

하지만 소녀는 여덟 명. 그 혼자서 다 커버하지 못하는 부분도 생겨났다. 양성 학교의 낙오자가 고작 한 달 만에 훌륭한 스파이로

성장할 수는 없었다.

팀을 지탱한 것은—『등불』에서 독보적인 천재의 존재였다.

가르가드 제국 수도의 비즈니스호텔에서 그레테는 눈을 동그랗게 뜨고 있었다.

"……진심인가요?"

그녀는 남성 기술자로 변장한 상태였다. 방의 라디오를 수리한다는 구실로 동료가 묵는 시설에 잠입해 있었다. 변장이 특기인 그레테는 여러 인간의 얼굴을 나눠 쓰며 팀의 연락책을 담당했다.

그녀는 이 방의 숙박객인 모니카에게 경악하고 있었다.

"……혹시 몰라서 한 번 더 말씀드리는데."

그레테가 말했다.

"이 미션은 불가능 임무의 성패를 가르는 중요한 미션이에요. 그리고 보스도 상당한 위험을 동반하리라고 예측했어요. 특수조 멤버를 전원 데려가야 해요. 가능하다면 보스도 도와주러 올 거예요."

잠입 임무도 중반에 들어서며 목적지인 앤디 연구소의 전체상도 점차 보이기 시작한 참이었다. 공략하기 위해 노려야 할 타깃도 마침내 판명됐다.

그 인물을 공략해야만 연구소에 숨어들 수 있다.

또한 그레테가 이 미션을 신경 쓰는 것은 임무의 중요성 때문만

이 아니었다. 보스인 클라우스가 「위험」하다고 판단했다. 「발밑에 모이는 독가스처럼 위태롭다」라고 추상적으로 표현했지만, 흘려들을 수는 없었다.

그러나 그 사실에 대한 모니카의 반응은 담백했다.

"응, 나 혼자서 충분해."

모니카는 침대에 누운 채 똑같은 말을 했다.

"아네트한테 도구를 받았으니까 보조 같은 건 필요 없어. 클라우스 씨의 지원도 다른 쪽으로 돌려도 돼."

"─음."

그레테는 놀랄 수밖에 없었다.

모니카의 목소리는 자신감이 넘쳤다. 허세가 아닐 것이다.

다른 동료와는 명백하게 달랐다. 모니카를 제외한 멤버는 다들 초췌해져 있었다. 양성 학교에서 밑바닥이었던 소녀들의 첫 임무였다. 초췌해질 만도 했다. 클라우스나 동료와 함께 행동하고 싶은 것이 당연했고, 그 뜻을 정보조에 전하는 자도 많았다.

여유를 보이고 있는 사람은 ─ 무한한 정신력을 가진 릴리를 제외하면 ─ 모니카뿐이었다.

"만약 여유가 있으면 다른 쪽으로 돌리도록 해. 이대로 가다가는 릴리가 멍청한 소리를 꺼낼걸?『다들 지쳐 있으니 결기 대회를 열어요!』라는 식으로."

"……."

"아니, 아무리 그 녀석이 바보라지만 그런 웃기는 제안은 안 하려나."

모니카의 너스레에 그레테는 조금도 웃지 않았다.

대신 작게 고개를 가로저었다.

"하지만 모니카 씨. 아무리 모니카 씨가 강해도—."

"끈질겨. 내가 여유롭다고 하면 여유로운 거야."

모니카의 눈은 차가웠다.

"그럼 후딱 처리해 둘게. 이틀 뒤에 와 줄래?"

일방적으로 대화를 끝내고서 모니카는 침대 옆 서랍에 놓아뒀던 책을 들었다. 제국의 순문학 소설이었다. 아로마 캔들에 불을 붙이고 편한 자세를 잡았다.

그레테가 이상하다는 얼굴로 물었다.

"……모니카 씨는."

"응?"

"왜 양성 학교에서 낙오됐나요?"

모니카가 말없이 마주 보자 그레테가 덧붙였다.

"예전에 말했었죠. 일부러 시험을 대충 쳤다고. 이만한 실력과 자신감이 있으면서 왜 그런 짓을?"

"한계가 보였으니까—."

모니카가 웃었다.

"네?"

"—라고 대답하면, 믿을래?"

그레테는 대답이 궁해져 침묵했다.

모니카는 어깨를 으쓱였다.

"농담이야. 그냥 귀찮아졌거든. 굳이 서둘러서 졸업하지 않아도 되고."

그게 거짓말이라는 것은 알 수 있었다.

얼버무리는 태도에 그레테는 그 이상 추궁할 수 없었다.

지금까지 한 달 넘게 모니카와 함께 생활했지만 그녀가 본심다운 본심을 보인 적은 한 번도 없었다.

"그레테."

떠나려는데 모니카가 불렀다.

"걱정하지 않아도 돼. 만에 하나 위험하면 바로 포기할 테니까."

그레테는 그 안쪽에 있는 그녀의 본심을 알 수 없었다.

그레테에게 임무를 받은 다음 날, 모니카는 수도 주변의 주택 단지에 있었다.

제국의 수도는 분지에 있었다. 학교와 회사는 수도 중앙에 집중되었고 주민은 그것들을 에워싼 고지대에 살았다. 교외에는 전쟁 전에 만들어진 공영 주택 단지가 있었고 8층짜리 건물 몇십 채가 늘어서 있었다. 2천 명 넘는 사람들이 사는 거대한 집합 주택이었다. 여기서 사는 사람들은 매일 버스와 지하철로 수도의 중심부에 오갔다.

이른 아침, 모니카는 그 단지 한편에 숨어서 드나드는 사람들을 감시하고 있었다.

다행히 따분한 얼굴로 모여 있는 젊은이가 많았다. 학교에 안 다니는 10대들. 모니카는 그중 한 명으로 녹아들어 벤치에 앉아서 아침밥으로 샌드위치와 커피를 먹었다.

그러자 주거동에서 아이들의 목소리가 들렸다.

"이 꼬맹이가!" "우리한테 거역하지 마!" "건방지긴!"

누군가를 괴롭히고 있는 듯했다.

모니카는 일어나서 목소리가 들린 곳으로 다가갔다.

괴롭힘은 3 대 1로 이루어지고 있었다. 건물 사이에서 아홉 살쯤 되어 보이는 작은 체구의 남자아이가 체격 좋은 소년들에게 둘러싸여 있었다. 남자아이는 도시락통을 끌어안고 있었다. 배고픈 소년들이 그것을 노린 것 같았다.

남자아이의 얼굴을 확인하고 모니카는 말을 걸었다.

"어이어이, 그럼 안 되지. 3 대 1이라니."

소년들은 일제히 모니카를 보았다. 모니카보다 조금 어려 보였다. 열넷이나 열다섯쯤일까. 지저분한 셔츠와 거뭇한 면바지 차림. 그다지 좋은 환경에서 자란 것 같지는 않았다.

"좋지 않아."

모니카는 웃으며 말했다.

"배고픈 건 동정하지만, 그건 옳지 않아."

"어엉? 누난 뭐야. 난데없이―."

"닥쳐."

소년의 말이 멈췄다.

모니카가 쥐고 있던 돌을 던졌기 때문이다. ―다섯 개를 동시에.

"어……?"

소년이 아연하게 입을 벌렸다.

동전만 한 돌은 마치 산탄처럼 소년들을 덮쳤다.

하지만 하나도 맞지 않았다. 귀 옆, 가랑이 사이, 겨드랑이 아래. 돌멩이는 소년들의 신체 옆을 슥 통과했다.

"굳이 내가 자상하게 설교해 줄 이유는 없지."

모니카는 땅에 떨어진 돌을 주웠다.

"다음엔 맞힐 거야."

힉, 작은 비명을 지르고서 소년들은 울상이 되어 도주했다.

그리고 괴롭힘당하던 남자아이가 남았다.

두꺼운 안경을 쓴 밤색 머리 아이였다. 예쁜 오션블루색 교복 재킷을 입고 있었다. 갑작스러운 모니카의 등장에 당황하여 넋이 나간 듯 「가, 감사합니다……」 하고 중얼거렸다. 여전히 현실을 받아들이지 못했는지 다음 말은 나오지 않았다.

"멍하니 있는 건 좋은데."

모니카는 쥐었던 돌을 버렸다.

"스쿨버스, 이미 가 버렸어."

"아……."

사립 학교의 빨간 버스가 거리를 빠져나갔다.

모니카는 아이를 향해 웃었다.

"좋아, 내가 데려다줄게."

"예? 그럴 순 없어요. ……혼자서도 갈 수 있어요."

"왜 지각했는지 사정을 설명해 줄게. 선생님한테 혼나기 싫잖아?"

아이의 팔을 잡고 강제로 유도했다. 아이는 당황한 것 같았지만 『선생님한테 혼난다』라는 말이 효과가 있었는지 얌전히 따라왔다.

소년의 이름은 마텔이라고 했다.

내내 긴장하고 있는 그에게 모니카는 최대한 온화하게 말을 걸었다. 아픈 할머니를 보러 단지에 왔다고 거짓말했다. 때때로 농담을 섞으며 잡담하자 마텔도 점차 웃었다.

"저기!"

어깨에서 힘이 빠졌을 즈음에 마텔은 큰 목소리로 말했다.

"아까 초능력을 쓴 건가요? 돌을 한꺼번에 던진 거요."

"그럴 리가."

가볍게 대답했다.

그 담담한 대답이 더욱 마텔의 관심을 부추긴 듯했다.

"돌 던지는 기술, 저한테도 가르쳐 주세요!"

"응?"

"저도 강해지고 싶어요! 언젠가 제국 육군의 병사가 되고 싶어요."

마텔은 마치 영웅을 보듯 반짝이는 눈으로 쳐다보았다.

모니카는 잠시 고민하는 기색을 보였다.

"으음…… 뭐, 좋아. 그럼 학교 끝나고 가르쳐 줄게."

마텔이 기뻐하며 주먹을 쥐었다. 모니카를 스승님이라고 부르며,

물어보지도 않았는데 학교에 관해 가르쳐 줬다. 그래그래, 적당히 맞장구를 쳤다.

그대로 둘이서 사이좋게 걸어가 학교까지 마텔을 데려다줬다.

물론 모니카가 마텔을 구한 것은 친절을 베푼 게 아니었다.

마텔은 이번 타깃의 아들— 그를 구한 이유는 그것뿐이었다.

『요르단 큐프카라는 전기공으로부터 정보를 알아내 주세요.』

그레테가 알린 의뢰였다.

『미션에는 그가 가진 정보가 꼭 있어야 해요.』

소녀들의 목적은 앤디 연구소라고 불리는 시설에 잠입하는 것. 그러려면 지도와 경비 정보를 얻어야 했다.

그레테가 눈여겨본 것은 연구소에 빈번히 드나드는 공사 관계자였다. 엄격한 수비 의무가 있는 연구자가 아니라 외부 업자에게서 정보를 얻겠다고 했다. 배전반과 전기를 점검하는 업자라면 연구소 내부 상황도 자세히 알 거라면서.

요르단 큐프카는 가장 자주 드나드는 현 담당자였다.

모니카는 그와 접촉하기 위해 아들인 마텔 큐프카를 농락하기로 했다.

◇◇◇

마텔을 학교에 데려다준 후, 모니카는 혼자서 골목으로 갔다.

거리 한편에 건설 중인 빌딩이 있었다. 아직 3층 부분까지 철골만 세워진 상태였다. 출입 금지 간판이 있고 일대는 쇠사슬로 봉쇄되어 있었다.

모니카는 그 쇠사슬을 넘어 공사 현장에 들어갔다.

다행히 사람은 없었다. 오늘은 시공 예정이 없는 듯했다.

아무도 없는 것을 확인하고 모니카는 뒤돌았다.

"……이봐, 미행하는 거 다 티 나거든?"

건물 뒤쪽을 향해 말했다.

"내가 마텔을 데려다줄 때부터 뒤를 밟았지? 완전 구린 남색 스카프 할망구. 용건이 뭐야? 누가 고용했어?"

정적은 일순이었다.

상대는 모니카를 없애기로 한 모양이다. 손수레를 미는 노파였다. 그녀는 건물 뒤에서 튀어나와 「사라져라!」라고 외치며 손수레에서 자동식 권총을 꺼냈다. 생긴 걸 보면 예순을 넘겼을 텐데 젊은이 못지않게 날렵했다.

모니카는 철골에 몸을 숨기며 상황을 판단했다.

'……내 행동에 실수는 없었어. 이 할멈이 미행하던 사람은 내가 아니라 마텔인가. 그리고 접근한 내게 관심을 가진 거지.'

노파의 목적이나 고용주는 알 수 없었다.

하지만 그런 건 붙잡아서 실토하게 만들면 그만이다.

노파는 모니카가 숨은 철골 쪽으로 권총을 난사했다.

손수레에 화기를 잔뜩 실은 듯했다. 총알이 떨어지자마자 즉각 새로운 권총을 들었다. 단 한 명을 죽일 때까지 압도적인 화력으로 밀어붙이는 암살자인가.

"자, 언제까지 숨어 있으려는 거지? 이대로 조금씩―."

"숨은 채로 충분해."

도발하는 노파에게 모니카는 차갑게 고했다.

"네 모습은 보이거든."

원래 같았으면 철골에 막혀 직접 볼 수 없는 위치에서 그녀는 웃었다. 그리고 품에서 고무공을 꺼냈다.

아네트가 제작해 준 투척 무기였다.

"가르쳐 줄게. ―이 세상에는 절대 이길 수 없는 괴물이 존재해."

모니카는 철골 뒤에 숨은 채 힘껏 공을 던졌다.

그 기술은 그야말로 신기였다.

던져진 공은 철골 사이를 이리저리 튀다가 이윽고 노파의 안면에 꽂혔다.

노파를 압도했지만 큰 정보는 얻지 못했다.

뭔가 세뇌를 받았는지 헛소리를 중얼거릴 뿐이었다. 모니카는 노

파의 사진을 찍어서 정보조에 속달로 필름을 보냈다. 노파의 정체
는 그녀들이 파헤쳐 줄 것이다.

현재 상황에서 말할 수 있는 것은 하나.

—마텔의 가정은 어떤 트러블을 안고 있다.

'그 고화력 할멈이 아마추어일 리가 없어. 배후에 조직이 있겠지.'

하지만 그렇게 예상해도 별로 초조하지는 않았다.

'뭐, 이런 송사리를 보낼 정도면 대단한 조직은 아닐 거야.'

모니카는 그렇게 판단했다.

방침은 당초와 똑같았다. —마텔과 연을 맺어 부친인 요르단에
게서 정보를 알아낸다.

"안녕, 마텔. 약속대로 누나가 만나러 왔어."

"스승님!"

저녁 무렵, 모니카는 다시 단지로 돌아가 마텔과 합류했다.

단지 내 공원에서 그에게 투석을 가르쳤다. 돌을 주워 빈 깡통에
던질 뿐이었지만 마텔은 열심히 했다. 모니카는 스승 행세를 하며
간혹 본보기를 보일 뿐이었다. 그래도 마텔은 크게 감동해서 다루
기 쉬웠다.

그가 말하길, 수행이라고 했다. 땀을 흘리며 진지하게 열중했다. 왜
남자아이는 「수행」이니 「비밀 특훈」이니 하는 말을 좋아하는 걸까.

왜 그렇게 열심히 하느냐고 물어보자 흥분한 모습으로 대답해 줬다.

"군인이 되기 위해서요."

마텔의 눈은 반짝이고 있었다.

"학교에서 배웠어요. 군인은 아주 멋지고 훌륭한 직업이에요. 제가 태어나기 전에는 연합국과 용감하게 싸웠대요. 다음 전쟁 때는 저도 병사로서 싸울 거예요! 그게 제 꿈이에요."

마텔의 대답이 묘하게 또랑또랑한 것은 군인 흉내인 듯했다.

흐응, 하고 모니카는 적당히 맞장구를 쳤다.

제국 군인에게 국토를 유린당한 공화국 출신인 모니카는 복잡한 기분이었다. 여자와 아이들을 가차 없이 학살한 녀석들이 용감하긴 개뿔. 하고 싶은 말은 아주 많았지만 순수한 아이에게 말해 봤자 소용없는 일이었다.

"스승님의 꿈은 뭔가요?"

모니카가 생각에 잠겨 있는데 갑자기 질문이 날아왔다.

"궁금해요. 스승님의 목표는 뭔가요?"

"음, 꿈? 없어."

"엇, 없어요?!"

의외라는 듯 마텔이 눈을 동그랗게 떴다.

모니카는 머리를 긁적였다.

하긴. 어른들은 초등학생에게 장래 희망에 관한 작문을 쓰라고 한다.

모니카는 스파이 양성 학교에 들어가기 전에 일반 초등학교에 다녔었다. 꿈이나 목표라는 주제는 그녀가 어려워하는 분야였다.

"너는 꿈이 멋진 거라고 생각해?"

모니카는 차가운 어조로 물었다.

"어…… 아닌가요?"

마텔은 눈썹을 찡그렸다.

"그럼 질문. 만약 너한테 축구 선수 재능이 있어서 세계 제일의 톱 플레이어가 될 수 있어도, 너는 군인이 될 거야?"

제국에서는 전쟁 전에 프로 리그가 발족했다. 축구 선수는 요즘 아이들의 우상이었다. 국민은 시합날 텔레비전이 설치된 펍에 모여 골을 넣을 때마다 열광했다.

마텔은 끙끙거리기 시작했다.

"그건…… 조금 고민할지도 몰라요."

"그럼 세계 제일의 영화 스타가 될 수 있어도, 너는 군인이 될 거야?"

"영화 스타……."

"엄청난 거금을 옆에 쌓아 놓고, 여자들에게 인기도 많고, 매일 진수성찬을 먹을 수 있어. 그 생활을 버리고서 너는 엄격하고 냄새 나는 육군 숙소에 갈 거야?"

"으, 그것도 고민할 것 같아요……."

"반대로 육군 학교에 들어가서 밑바닥 중년 말단이 되더라도, 너는 군인이 될 거야?"

"……."

마텔은 완전히 입을 다물어 버렸다.

모니카가 전하고자 하는 바를 이해했을 것이다.

"나머지인 거야."

모니카는 냉소했다.

"사람은 말이지, 할 수 있을 듯한 것과 못 할 듯한 것을 추리고 남은 것 중에서 가장 좋은 것을 『꿈』이라고 부르며 소중히 여길 뿐이야. 그렇게 대단한 게 아니야."

결국 인간이 가질 수 있는 것은 금전 욕구, 승인 욕구, 사회 공헌 욕구, 성적 욕구 등의 욕망이다. 직업은 수단일 뿐이다. 그것을 『꿈』이나 『야망』 등으로 부르며 신성시하는 건 바보 같은 일이다.

그것이 모니카의 철학이었다.

"……."

마텔은 아연해했다.

지금까지 생각도 안 했을 것이다. 마치 지도를 잃어버린 미아처럼 서 있었다.

모니카는 쓴웃음을 지었다.

이성을 되찾았다. 타깃의 아들에게 인생을 논하는 것도 이상한 이야기였다.

"슬슬 목마른데. 너희 집에서 물 좀 마시자."

그렇게 화제를 돌렸다.

정열이란 것이 모니카에게는 결여되어 있었다.

모니카는 예술로 재산을 모은 집에서 태어났다. 아버지는 화가,

어머니는 음악가. 오빠와 언니는 재능을 물려받아 예술가가 되고
자 했다. 세계 대전 중에는 가족 전원이 다른 대륙으로 피난하여
예술 연구에 힘썼다. 높은 경지에 오르고자 매일 세상의『아름다
움』에 관해 의논했다.

모니카는 그런 가정에 적응하지 못했다.

예술 감성은 장남과 장녀가 물려받고 끊어진 듯했다. 막내딸인
그녀는 예술에 마음이 끌리지 않았다. 적당히 그림을 그리면 칭찬
받았다. 악기를 연주하면 일정 수준의 평가를 얻었다. 하지만 정말
로 어찌 되든 좋았다.

"너의 연주와 그림은 그저 솜씨가 좋을 뿐이야……. 정밀하기만
하지 매력이 없어."

안타깝다는 듯 아버지가 고했다.

"네가 빛날 수 있는 일은 따로 있지 않을까."

그 말이 열세 살 모니카의 귀에 울렸다.

—자신이 가장 자신답게 있을 수 있는 곳.

스파이라는 삶을 택한 것은 직감이었다. 부모의 인맥을 빌려 스파
이 양성 학교에 들어갔다. 입학시험은 어렵지 않게 돌파할 수 있었다.

실제로 그 선택은 틀리지 않은 것 같았다.

입학 직후, 모니카는 동기 중에서 최우수 성적을 거뒀다. 권총을
몇 발 쐈을 뿐인데 사격 감각을 파악했고, 라디오 세 개에서 동시
에 나오는 별개의 말을 기억하여 실수 없이 암호로 변환해 전보를
칠 수 있었다. 100km를 걸어간 후에 20m가 넘는 벽을 맨손으로

올라가 7층 창문으로 건물 내부에 잠입할 수 있었다.

　―자신은 스파이로 활약하기 위해 태어난 것이다.

　그렇게 모니카가 확신하기까지 시간은 얼마 걸리지 않았다. 자연스럽게 훈련에 힘을 쏟았다.

　"음~? 성적 우수자라더니 이 정도인가. 깜짝 놀랐어. 굉장히 약하잖아!"

　하지만 그 자만심은 철저히 깨지게 되었다.

　각 학교의 성적 우수자를 모은 특별 합동 연습― 그날 모니카는 현실을 알았다.

　과제는 단순했다. 한 여성 시험관이 지키는 코드북을 훔치기만 하면 됐다. 주위에는 입학 당시 모니카보다도 뛰어난 실력을 보였던 상급생들밖에 없었다. 쉽게 이길 거라고 생각했다.

　하지만 실패했다.

　전멸했다. 모니카 이외의 상급생은 한 명도 남김없이 기절했다.

　유일하게 남은 모니카는 아연하게 시험관을 바라볼 수밖에 없었다.

　"놀랍네. 이번에도 합격자는 0명이겠어! 남학교에서는 기드 씨가 선발한다고 했지만, 그 사람은 나보다 더 엄격하거든."

　성적 우수자 스무 명을 괴멸시킨 시험관은 땀 한 방울 흘리지 않았다.

　그리고 최후의 한 명이 된 모니카를 향해 웃었다.

"아, 청은발 친구, 돌아가도 돼. 들었어. 입학한 지 두 달 만에 이 훈련에 참가한 장래 유망한 루키. 그건 자랑스럽게 여겨도 돼. 하지만 지금 네 실력은 논외야."

여성은 모니카의 어깨를 두드리고 지나쳤다.

"기억해 두렴. 마음에 불을 붙이지 못하는 녀석은— 이 세계에서 쓰레기야."

—모니카는 모른다.

그 여성이 바로 『화염』의 일원이자 클라우스의 누나 같은 사람인 『선혹』 하이디라는 것을.

특별 합동 연습이라는 명목으로 이루어진 것은 『화염』 선발 시험 이었다는 것을.

다만 모니카는 보고 말았다. —아무리 노력해도 도달할 수 없는 경지.

그날부터 그녀는 대충 지내게 되었다.

주택 단지의 집에서 마텔은 모니카에게 미네랄워터를 대접했고, 자신도 컵에 든 물을 벌컥벌컥 마셨다. 그리고 금세 고개를 꾸벅거리기 시작했다.

"스승님, 죄송해요……. 조금 졸려졌어요."

성실하게 사과하고서 근처 소파에 앉아 꾸벅꾸벅 졸았다. 어깨를 슬쩍 밀자 옆으로 툭 쓰러졌다. 유리잔에 몰래 던져 넣은 수면제의 약효가 돈 듯했다.

"걱정하지 마. 그렇게 강력한 약은 아니야."

집에는 마텔밖에 없었다. 모친은 이혼했고 부친은 일하는 중이었다. 아버지의 귀가 시간은 마텔에게 들었다. 집을 뒤질 기회였다. 이 단지는 이른바 2LDK. 다이닝 키친과 침실 두 개가 있었다.

헤매지 않고 부친의 침실에 바로 들어가서 서류함을 열어 나갔다.

'협박거리 정도는 찾아 두기로 할까.'

앤디 연구소의 배전도를 찾는다면 편하겠지만 그건 직장이나 연구소 내 사무실에 보관할 것이다. 필요한 것은 그걸 훔치게 만들 협박 재료였다.

'최악의 경우에는 아들을 인질로 잡아서 정보를 알아내면 되겠지만.'

그 수단이 원활히 이루어지도록 이미 마텔을 길들여 뒀다. 방에 있는 앨범을 넘겨 보니 부친이 아들을 매우 예뻐한다는 것을 알 수 있었다. 내키지는 않지만 마텔을 유괴하면 타깃을 뜻대로 움직일 수 있을 것이다.

서랍장의 서랍을 열었을 때, 모니카는 고개를 갸웃했다.

'……이중 바닥?'

서랍의 바닥이 살짝 떠 있었다.

왜 이런 장치가 일반 가정에?

바닥을 들어내고 안을 확인했다. 안에서 노트 한 권이 나왔다.

그것을 넘겨 본 모니카는 저도 모르게 미소 지었다.

—타깃은 엄청난 비밀을 안고 있었다.

예정을 변경했다. 모니카는 침실에서 나가지 않았다. 문 뒤에 숨어 기다렸다.

마텔의 부친은 한 시간 후에 돌아왔다.

요르단 큐프카. 작은 전기 공사 회사에서 일하는 종업원. 고지식해 보이는 마른 남자였다.

그는 잠든 마텔에게 담요를 덮어 주고서 넥타이를 느슨하게 풀고 침실에 들어왔다.

"움직이지 마. 돌아보지 마. 양손 들어."

그 등에 모니카는 총구를 갖다 댔다.

"이게 무슨."

역시 요르단은 경악하는 반응을 보였다. 몸을 덜덜 떨었다. 반사적으로 돌아보려고 하는 얼굴에 총구를 대고 재차 「돌아보지 말라니까」 하고 못을 박았다.

요르단은 창백한 얼굴로 양손을 들었다.

"······가, 강도입니까?"

"그런 야만스러운 건 아니야."

모니카는 손만 뒤로 돌려서 침실 문을 닫았다.

"봤어, 서랍의 이중 바닥."

"그걸……."

"아주 멋진 걸 준비했더라."

요르단의 등이 잘게 떨리기 시작했다. 모니카에게는 보이지 않지만 당장에라도 울 것 같은 표정을 짓고 있으리라.

듬뿍 협박한 후에 모니카는 고하기로 했다.

"걱정하지 마. 나는 당신 편이야."

"네?"

"제국을 버리고 싶은 거지? 나는 딘 공화국의 스파이야."

그랬다. 이중 바닥에 있던 것은— 조국의 극악무도한 연구를 고발하는 문서였다.

그는 제국의 침략주의를 증오하는, 말하자면 모니카가 속한 『등불』의 동지였다.

앞을 보게 한 채로 요르단에게 사정을 말하게 했다.

그는 이야기했다. ―세계 대전에서 가르가드 제국이 벌인 침략 행위는 간과할 수 없다. 패전 후 표면적으로는 안보 조약을 맺었지만, 국민은 여전히 연합국을 증오하고 있으며 육군은 뒤에서 전쟁 준비에 힘쓰고 있다. 이대로 가면 다시 침략 전쟁이 일어난다.

"저는 조국을 포기했습니다. 그 연구소에서는 여전히 사형수를 이용한 인체 실험이 이루어지고 있습니다. ……전기 점검 작업 중에 저는 알아 버렸습니다."

요르단은 그 기밀 정보를 이중 바닥 속 노트에 적어 뒀다.

언젠가 타국의 기자에게 넘겨서 제국의 음모를 알리기 위해.

"그런 것치고 당신 아들은 애국심이 넘치던데."

모니카는 비아냥거렸다.

요르단은 깊은 한숨을 쉬었다.

"학교 교육 때문이겠죠. 교사는 연합국의 비겁한 책략 때문에 세계 대전에서 패한 것이라고 가르치고 있습니다."

"흐응. 뭐, 전쟁의 선악 따위 알 바 아니지만."

"그렇죠. 저도 조국을 위해 죽은 군인을 나쁘게 말하고 싶지는 않습니다. 하지만 그 전쟁에서 딘 공화국은 틀림없는 피해국이었어요. 그렇게 느낍니다."

공화국은 제국이 지나는 길목이라는 이유로 침략당했다.

요르단은 고개를 끄덕였다.

"당신이 딘 공화국의 스파이라면 제게도 더 바랄 나위가 없는 일입니다. 연구소를 조사하고 계시죠? 기꺼이 협력하겠습니다."

"이해가 빨라서 좋네."

"저도 이날을 줄곧 기다리고 있었습니다."

모니카는 요르단에게서 받은 노트를 확인하고 만족했다.

그의 말에 거짓은 없었다. 날짜와 함께 연구소에서 들은 소문, 배전반에 설치한 녹음기의 녹취록, 훔쳐본 연구 자료, 제국에 대한 온갖 욕까지 적혀 있었다.

오랫동안 쌓인 제국에 대한 불신감의 결과였다. 이 정도면 그 자신이 스파이였다.

'이걸로 일은 끝났나. 뭐야, 싱거우리만큼 간단하네.'

설득하거나 협박할 필요조차 없었다. 편한 부류였다.

요르단은 하루하루의 기록을 세세하게 정리해 뒀다. 추가로 질문할 필요도 없었다. 아마추어라고는 생각할 수 없는 정보량이었다.

'음? 잠깐—'

하지만 모니카의 사고가 멈칫했다.

—기록이 너무 많은데?

그 위화감을 느꼈을 때, 모니카는 숨을 삼켰다.

"이봐, 요르단 씨. 잠깐 확인해도 될까?"

"뭘 말입니까?"

"이렇게 많은 정보를 훔치면서— 아무한테도 의심 안 받았어?"

"예……?"

요르단은 멍한 표정을 지었다. 생각도 안 했다는 듯이.

혀를 차고 싶었지만 참았다. 역시 아마추어였다. 위험성을 잊고 있었다.

만약 요르단의 수상한 행동을 눈치챈 자가 있다면—.

제국의 비밀경찰이 움직일 것이다. 방첩 전문가가 나선다. 요르단의 주위를 살필 터다. 어디서부터 찾을까? 모니카와 마찬가지로 자식에게 접근할지도 모른다.

"—그 노파인가."

모니카는 눈을 크게 떴다.

"노파?"

요르단이 반문했다.

"너는 이미 마크당하고 있어!"

그 노파가 비밀경찰이라면 그들은 이미 요르단 근처에 있다는 뜻이다.

직후, 현관에서 나무가 우지끈 쪼개지는 소리가 들렸다. 집 문이 부서진 걸까. 상당히 거친 수단으로 누군가가 찾아왔다.

직후 마텔의 비명이 들렸다. 소리를 듣고 화들짝 일어난 모양이다.

"마텔! 무슨 일이냐!"

뭔가에 치인 것처럼 요르단이 움직였다. 크게 외치며 거실로 뛰쳐나갔다.

모니카는 순간적으로 몸을 숨겼다. 문틈으로 거실을 엿봤다.

"반가워. 나는 제국의 방첩 기관 『유곡(幽谷)』에서 파견된 사람이야."

경쾌한 여성의 목소리가 들렸다.

"이브라고 해. 요르단 큐프카, 당신을 스파이 용의로 구속하러 왔어."

모니카는 숨을 죽이고서 그 절망을 확인했다.

―가르가드 제국의 방첩 기관 『유곡』.

첩보와 방첩의 구별이 모호한 딘 공화국의 첩보 기관·대외정보실과 달리 『유곡』은 방첩 기관으로서 독립되어 있었다. 타국의 스파이를 암살하고 반란 분자를 진압하는 기관이었다.

일단 눈에 들면 목숨은 없다. 자국민이어도 가차 없이 죽인다.

적은 두 명 있었다. 잔인하게 웃는 작은 체구의 여성, 그리고 몸집 큰 남성.

남자는 이미 마텔을 제압한 상태였다. 아이의 목에 단검을 들이대고 있었다.

직감으로 알았다. 위험한 쪽은 이브라는 여성이다. 명백하게 더 뛰어난 실력자다.

"그, 그럴 수가……."

거실에서 요르단이 다리를 후들후들 떨었다.

"뭔가 오해하신 겁니다. 저는 제국에 충성을 맹세하는 국민……."

"음~? 그런 것치고는 펍에서 상당히 불만을 늘어놓던데."

이브는 요르단의 배를 힘껏 걷어찼다. 신음이 들렸다. 마텔이 「아빠!」 하고 외쳤지만 다른 남자가 닥치라며 입을 막았다.

이브는 요르단을 몇 번 더 걷어차고 손끝에서 와이어를 사출했다. 정교한 기술이었다. 마치 살아 있는 동물처럼 움직여 요르단의 목에 감겼다.

"이대로 연행하겠어. 소리 내지 마."

"윽……."

"거역하면 아들도 같이 죽일 거야."

이미 증거를 확보한 듯했다. 요르단은 발뺌할 수 없을 것이다.

―도망치자.

모니카는 조용히 판단했다.

아빠와 아들은 버리자. 노트만 있으면 임무는 충분히 수행할 수 있다. 침실 창문으로 도주하는 것이다.

구원을 바라듯 요르단이 숨어 있는 모니카에게 시선을 보냈다.

"응? 침실에 누굴 숨겼어?"

눈치 빠르게 이브가 알아차렸다.

"아아, 그러고 보니 오늘 아침에 묘한 보고가 있었지. 내 부하 한 명이 누군가에게 당했다고 했어. 설마 벌써 타국 스파이랑 내통하고 있었던 거야?"

"그, 그건……."

"대답해! 너한테 묻는 거야, 이 쓰레기야!"

이브는 질식 직전까지 와이어로 목을 조르고 요르단의 배를 걷어찼다.

그는 눈물을 흘리며 거칠게 호흡했다.

가차 없는 심문이었다. 자백하는 것도 시간문제이리라.

'미안해, 요르단 씨. 섣불리 움직인 당신 잘못이야.'

모니카는 슬그머니 창문으로 다가갔다.

'노트만큼은 효과적으로 활용할게.'

처형당할 것을 생각하니 슬프지만 이게 스파이로서 올바른 선택이었다.

미션은 성공했다. 위험을 무릅쓸 필요는 없다.

아빠와 아들을 죽게 내버려 두기로 하고 모니카는 창틀을 잡았다.

'포기하면 돼……. 나는 줄곧 그랬으니까—.'

뇌리에는 특별 합동 연습 이후로 계속 포기했던 나날이 있었다.

◇◇◇

『등불』의 스카우트는 양성 학교에서 나태한 훈련 생활을 보내던 모니카에게 길보였다.

한계를 깨달았지만 희망을 완전히 버리지는 못했다. 언젠가 독보적인 재능이 개화하지 않을까. 어리광 같은 몽상이지만 그 몽상을 버릴 수 없었다.

그래서 『등불』에 스카우트되어 그녀는 다시 기대하게 되었다.

―아아, 역시 자신은 스파이가 되기 위해 태어난 천재이지 않을까.

클라우스와의 훈련은 좋은 기회라고 생각했다.

자칭 「세계 최강」의 스파이. 자신의 재능을 시험할 수 있는 상대를 만나서 기뻤다.

그녀는 자신의 전력을 숨기고서 다른 소녀들을 돌격시키며 정보를 모았다. 그리고 훈련 막바지에 모니카는 진심으로 클라우스에게 덤볐다.

실제로 한 달간의 훈련 중에서 가장 클라우스를 몰아붙인 것이 이때였다.

전부 모니카의 계획대로 진행됐다.

《자, 선생님! 인질을 잡았어요! 다가오면 이 보고서를 태워 버릴 거예요.》

《보디가드도 붙어 있어. 어때? 항복할 수밖에 없겠지?》

작전 종반, 무전으로 들리는 동료의 목소리에 모니카는 흡족하게 웃었다.

클라우스에게 필요한 보고서를 릴리가 확보하고 격투에 뛰어난 지비아가 지키고 있었다. 클라우스는 어찌지도 못하고 2 대 1이라는 상황에 몰려 있을 터다.

하지만.

"—극상이야."

모니카가 합류했을 때에는 전부 끝나 있었다.

클라우스는 태연한 얼굴로 보고서를 탈환하여 릴리와 지비아를 내려다보고 있었다. 두 사람은 눈을 동그랗게 뜨고서 엎어져 있었다.

"무, 무슨 일이 일어난 거죠……?!"

릴리가 신음했다.

"시냇물에 살며시 나뭇잎을 흘려보내듯 일을 진행했을 뿐이야."

클라우스는 대수롭지 않게 대답했다.

그 광경은 이전의 특별 합동 연습을 연상시켰다.

모니카가 한계를 재인식한 순간이었다.

진심으로 덤비고 철저히 패배했다. 객관적인 시점으로 모든 것을 헤아리고 절망했다.

—자신은 평생 클라우스를 뛰어넘을 수 없다.

깨달았다. 아무리 노력해도 클라우스는 당해 낼 수 없다.

그럭저럭 우수하여 어중간하게 쓰이고 버려지는 스파이— 그게 자신의 미래다.

한 번 움직였던 마음은 급격히 얼어붙었다.

"큭! 모니카, 다음엔 이길 거예요! 침울해하지 말아요."

"맞아, 모니카. 마음에 담아 두지 마."

아무것도 모른 채 훈련에 힘쓰는 릴리와 지비아가 부러웠다.

우둔하지만 굳건한 그 멘탈은 스파이라는 이단의 세계 외에서는 빛나지 못할 것이다.

릴리와 지비아처럼 서툴다면 좋을 텐데. 스파이라는 길 외에는 택할 수 없을 만큼.

클라우스 같은 재능이 있다면 좋을 텐데. 스파이로 사는 것이 사명이라는 생각이 들 만큼.

모니카는 그저 솜씨가 좋을 뿐이다. 만사에 재능이 있지만 한 분야의 천재는 당해 낼 수 없다.

이러한데 대체 어떻게 정열 따위를 가질 수 있겠는가?

그래서 모니카는 포기했다.

도주를 선택했다. 오늘 알게 된 아빠와 아들을 위해 적에게 맞설 만큼 강한 동기를 그녀는 가지고 있지 않았다.

―스파이의 신이 있다면 그 신은 자신을 택하지 않았다.

자신은 높은 경지에 도달할 수 없다. 그 여성 시험관이나 클라우스가 될 수는 없다. 그런 기대 따위 진작에 버렸다. 포기했다.

안녕, 그렇게 중얼거리고서 모니카는 창밖으로 몸을 내밀었다.

"아빠한테서 떨어져!"

그러자 목소리가 들렸다.

'마텔……?'

반사적으로 돌아보았다.

몸이 움직였다. 다시 문에 다가가 거실을 보았다.

"당장 여기서 나가!"

마텔은 필사적으로 저항하고 있었다. 남자의 구속에서 달아난 모양이다.

유리잔과 포크 등 주방에 있는 물건을 잡아서 이브와 남자에게 던졌다. 아이가 정확히 얼굴을 노리고 던지자 상대도 곤혹스러운 것 같았다.

모니카가 가르친 투석 기술이었다. 아빠를 지키기 위해 싸우고 있었다.

얼굴은 새빨갛고 눈은 울어서 퉁퉁 부었지만 마텔은 계속 움직였다. 식기를 집어 들어 곧장 던지기 쉽게 바꿔 잡고 서툴지만 투척했다.

"이 꼬맹이가……!"

울컥한 남자가 마텔을 바닥에 찍어 눌렀다. 하지만 마텔은 남자의 손을 깨물고 도망쳤다.

―왜 저항하는 걸까.

앞에 있는 이브는 그런 시선을 던지고 있었다.

모니카도 동감했다. 누가 어떻게 봐도 당해 낼 수 없을 텐데.

왜 마텔은 반항하지? 왜 포기하려고 안 하지? 무엇이 그를 움직이는 거지?

"아빠를, 놔 줘어어어어어어어어어!"

하지만 반항이 계속될 리 없었다. 마텔은 붙잡혔다. 바닥에 얼굴이 눌려서 이제 손을 깨물 수 없었다. 그래도 그는 발을 버둥거렸다.

"얼른 그 꼬맹이를 조용히 만들어."

이브는 지루하다는 듯 내뱉었다.

"팔뼈를 부러뜨려."

머릿속에 「왜」가 무수히 생겨났다. 그중에서도 가장 강렬하게 색을 발하는 것이 있었다.

'……왜 나는 발을 멈추고 있는 거지?'

도망치면 된다. 마텔의 저항은 창문 여는 소리를 지워 줄 터다. 절호의 기회다. 그런데 발이 안 움직였다.

마텔을 보다 보니 강적에게도 포기하지 않는 동료들의 모습이 보였다.

『다음에야말로 선생님한테 이기는 거예요! 지금까지의 패배는 승리를 위한 포석이에요.』

『맞아! 역시 계속 지기만 하는 건 분해!』

태평한 릴리와 지비아의 목소리.

거기에 다른 멤버들의 희망찬 목소리가 이어졌다.

『그렇다면 하나 시험해 보고 싶은 책략이 있습니다……』『아니, 다음에는 에르나도 또 돌격하고 싶어』『괘, 괜찮으면 제 의견도 들어 주셨으면 한다』『나님도 형님과 놀고 싶어요!』『다음에야말로 내 허니트랩으로 끝장을 내겠어. 백 번째 도끼질이야!』

모니카가 내던진 난제에 자신보다 훨씬 약한 그들이 도전하고 있었다.

한 달간 줄곧 들은 목소리가 사라지지 않았다.

모니카의 몸이 점점 뜨거워졌다.

—마음에 뭔가가 켜졌다.

이 열기는 분노일까. 혹은 사명감일까. 몸 안쪽에서 솟구치는 충동이 있었다.

"최악의 기분이야……."

모니카는 천장을 올려다보며 작게 중얼거렸다.

얼굴에 손을 올리고 크게 한숨을 쉬었다.

'……정열이라니, 그딴 건 나한테 원래 없어.'

무엇에도 마음은 움직이지 않을 텐데.

하지만 합리적인 판단을 버리고서 지금 자신은 발을 멈추고 있었다.

155

지금! 여기서! 맞서! 그렇게 누군가가 외치고 있었다.

"그 녀석들한테 감화된 건가? 웃기네, 진짜."

웃었다. 자조였다.

전염력이 바이러스 수준이라고 생각하면서 모니카는 숨을 들이마셨다.

이 열기를 잃고 싶지는 않았다. 도망칠 수는 없다.

적을 쓰러뜨릴 필요는 없다. 조건은 아빠와 아들을 안전하게 데리고 나오는 것.

요구되는 것은 얼음(氷)처럼 차갑고 칼날(刀)처럼 날카로운 뛰어난 두뇌.

무기를 들었다. 오른손에는 회전식 권총, 왼손에는 깨진 거울, 고무공. 마지막으로 품에 숨긴 기계의 감촉을 확인했다.

"아주 살짝 진심으로 싸워 줄게, 버러지들아."

그것이 각성의 첫걸음이었다.

모니카는 침실에서 뛰쳐나와 총을 겨눴다.

이브와 남자는 즉각 반응했다. 이브는 가뿐하게 뛰어 소파 뒤에 숨었고, 남자는 마텔의 몸을 들어 방패로 삼았다. 이쪽의 살기를 읽고 있었다. 기습으로는 쓰러뜨릴 수 없다.

상관하지 않고 2연사.

첫 번째 총탄은 조명을 꿰뚫었다. 거실이 어둠에 휩싸였다. 모습을 보일 수는 없었다. 전투하기 위한 최소한의 빛은 저물기 직전의 석양뿐. 해 질 녘의 사투다.

두 번째 총탄은 구석에 놓인 전신 거울로 날아갔다. 거울이 깨져서 거실에 흩어졌다. 거기에 더해 모니카는 들고 있던 거울 몇 개를 필요한 곳으로 던졌다.

전투 준비가 갖춰졌다. 다시 침실로 돌아가 숨을 죽였다.

"누굴까?"

이브의 목소리는 오히려 즐거워하는 것 같았다.

"이 녀석을 지키는 타국의 스파이? 아니면 제국에 반역하는 정신 나간 운동가?"

모니카는 웃었다.

"그 아이의 스승이야."

말하면서 목소리로 상대의 위치를 가늠하려고 했다. 하지만 잘 안 되었다. 대략적인 위치는 상상이 가는데 어째선지 정확한 지점이 판명되지 않았다. 목소리를 분산시키는 기술이 있나.

"나오렴. 5초 내로 꼬맹이를 죽이겠어."

이브는 냉혹하게 고했다.

역시 인질을 잡힌 현재 상황은 불리했다.

'이 궁지를 어떻게 타개할지가 문제인데…….'

힌트는 있었다. —클라우스와의 훈련.

마침 상황은 같았다. 세계 최강의 남자는 인질을 잡힌 상황에서 지비아와 릴리를 격퇴했다. 이번에는 자신이 그걸 재현할 뿐이다.

'다만 가장 중요한 장면을 못 봤단 말이지…….'

모니카가 합류했을 때는 전부 끝나 있었다. 재현할 방법이 없다.

『시냇물에 살며시 나뭇잎을 흘려보내듯 일을 진행했다.』

그것이 클라우스의 설명이었다.

구체적으로 말해 보라고 하니 그는 깊이 생각에 잠겼다.

『……그냥 했어.』

'정말로 교관으로서는 무능하다니까! 그 사람!'

새삼스럽게 태클을 건 순간, 목에 휘감기는 살기를 눈치챘다.

"……!"

희미한 기척을 감지하고 거실로 굴렀다.

"어머, 피했네."

"……아직 5초 안 지났잖아? 거짓말쟁이."

모니카는 어깨를 만졌다. 아슬아슬하게 피했지만 스친 것 같았다.

"와이어를 다루는 사람인가……."

어느새 온 거실에 와이어가 둘러쳐져 있었다.

이브의 오른손에서 나온 것이었다. 소리도 없이 모니카의 목을 덮친 것의 정체이리라. 목소리를 분산시킨 것도 이 기술을 이용한 건가.

"거실을 어둡게 한 건 악수였어."

이브의 기세등등한 목소리가 울렸다.

"너한테는 이 와이어가 안 보여. 반면 나는 손으로 방 전체를 느낄 수 있어."

"……그런 건 사전에 말해 줄래?"

적의 바로 앞에 있는데도 모니카는 움직일 수 없었다.

섣불리 움직이면 다 파악할 수 없는 와이어에 붙잡힌다. 또 다른 적인 남자는 마텔의 목에 단검을 갖다 대고 있었다. 요르단은 이브의 와이어에 목이 졸린 채였다.

완전히 사면초가였다.

이브는 왼손에 든 총을 발포했다.

고작 2m 거리에서 쏜 총격이었다. 몸을 틀었지만 피할 수 없었다.

"큭!"

총알은 어깨를 스쳤다. 피가 팔을 타고 흘렀다.

"어머, 이 거리에서 치명상을 피하는구나."

이브는 감탄하며 웃었다.

"재미있어. 앞으로 몇 발을 더 피할 수 있을까?"

다시 발포.

모니카는 총구를 응시하여 탄도를 완벽하게 예측했다. 머리카락 몇 가닥을 희생해 피했다.

흐응, 이브는 유쾌하다는 듯 웃었다. 원래부터 맞힐 생각이 없었던 모양이다.

"이브, 놀지 마."

이브의 동료가 나무랐다.

"빨리 처리하거나 구속해. 발포음을 듣고 저 녀석의 동료가 오면 어쩔 거야?"

"알고 있어. 재미없네."

이브는 불만스러워하며 권총을 넣었다.

그 엉뚱한 경계에 모니카는 웃었다. 자신도 웃겼고 적도 웃겼다.

'지원은 오지 않아……. 그레테에게 『필요 없다』고 했으니까.'

멋있는 척하지 말고 부탁할 걸 그랬다.

싸울 수 있는 것은 자신 한 명뿐. 믿을 수 있는 것은 자신의 쿨한 두뇌뿐이다.

마텔의 모습을 힐끔 확인했다. 비통한 시선과 눈이 마주치자 그는 고개를 숙였다.

"눈 돌리지 마, 마텔."

모니카는 권총을 넣고 단검을 들었다.

"기대해. 지금부터 군인보다 백배는 멋있는 걸 보여 줄 테니까."

"어머, 덤비려고?"

이브는 미소 지었다.

"어디 와 봐. 전신을 비틀어 줄게."

이브는 오른손을 잘게 움직이기 시작했고, 옆에 있는 남자는 어이없어하며 고개를 가로저었다.

그거면 됐다. 적이 승리를 확신해야 한다. 괜히 경계받으면 인질이 위험해질 수 있다.

모니카는 「하아아아!」 하고 외치며 바닥을 세게 박찼다.

단검을 단단히 쥐고 적에게 돌격했다.

"—응, 잡았다."

하지만 그 몸은 바로 멈췄다.

보이지 않는 와이어가 오른팔을 붙잡으면서 돌격은 강제로 정지되었다. 아파서 신음하며 단검을 떨어뜨렸다. 몸부림쳐 봤지만 곧장 왼팔도 와이어에 붙잡혔다.

이브가 예고한 대로 거실에는 그물처럼 와이어가 둘러쳐져 있었다.

모니카의 돌격에 승기 따위 없었다.

"전혀 못쓰겠네."

이브가 의기양양하게 말했다.

"뭐, 결국 이 정도인가."

"윽…… 비겁해."

붙잡힌 양팔이 위로 들려서 모니카는 양팔을 치켜든 꼴사나운 자세가 되었다.

"그 기술, 치사하잖아. 다음부터는 나도 써 볼까."

"구제할 길이 없는 얼간이구나."

이브가 조소했다.

"다음 같은 게 있을 것 같아?"

이브는 오른손을 움직여 모니카의 목에도 와이어를 감았다.

"고문 후에 죽어. 그게 너의 말로야."

"그래서 저승길 선물로 가르쳐 달라는 거야."

모니카는 상관하지 않고 계속 말했다.

"요령만 가르쳐 줘. 이렇게나 와이어를 둘러치고 어떻게 조종해?"

"윽! 애송아. 상황을 모르겠니?"

"당연히 알지. 네가 말했잖아. 손으로 방 전체를 느낄 수 있다며?"

모니카는 허리를 흔들었다.

"—나도 느낄 수 있어. 붙잡힌 팔로, 모든 와이어의 위치를."

옷에서 고무공이 떨어졌고 모니카는 그것을 세게 차올렸다.

쇠를 고무로 코팅한 특제 무기였다. 지름 5cm 정도의 무거운 투척 무기. 빠르게 날아간 고무공은 이브의 안면으로 향했다.

이브가 그것을 한 번 피하는 건 예상했다.

벽에 튕겨 돌아온 고무공이 그녀의 목덜미를 강타했다.

"애송이가⋯⋯!"

와이어가 느슨해진 순간, 모니카는 곧장 양팔을 뺐다. 바운드된 고무공을 받고, 하나를 더 꺼냈다.

공 두 개를 동시에 힘껏 던졌다.

방을 종횡무진 튀는 공이 두 스파이의 사각지대에서 덮쳤다.

"아무렇게나 던진 거야! 당황하지 마!"

이브가 외쳤다.

"곧 와이어에 부딪쳐서—."

"그럴 리가 없잖아."

적이 동요한 사이에 모니카는 이브의 측두부를 발로 찼다.

이미 와이어의 위치는 파악하고 있었다. 무서워할 것이 못 되었다.

이브가 몸을 물렸을 때, 그녀의 머리 위에서 튄 고무공이 노린 것처럼 그녀의 어깨를 때렸다.

"뭐야⋯⋯?!"

"단순한 계산이야."

모니카는 미소 지었다.

"와이어가 어디 있는지만 알면 그 사이를 누비도록 공을 던지면 돼."

연산 기술— 그것이 모니카의 무기였다.

어느 각도로 공을 던지면 몇 번을 튀어서 적에게 부딪치는지.

순식간에 계산하여 통통 튀는 쇠공으로 사각지대에서 상대를 끝장낸다. 권총보다도 움직임을 예측하기 어렵고 살기를 읽을 수도 없다.

이브에게 마무리 일격을 가하려고 한 순간, 그녀가 외쳤다.

"인질을 죽여!"

절규였다. 히스테릭한 목소리가 온 거실에 울렸다.

"그 꼬맹이를 죽여! 지금 당장!"

모니카는 반사적으로 움직임을 멈췄다.

설령 허풍이더라도 그 위협에는 움직임을 멈출 수밖에 없었다.

계획대로 되었는지 이브가 입꼬리를 올렸다.

하지만 그녀는 전혀 모르고 있었다. 움직임을 멈췄어도 모니카의 뇌는 계속 가동했다.

'거울의 각도가 34도, 공은 튈 때마다 속도를 16% 잃어……. 타이밍은 2.4초 후…… 와이어가 방해되는데…… 아니, 9.5mm 이동시키면 이용할 수 있어……'

계산한다. 계산한다. 계산한다. 계산한다. 계산한다. 계산한다. 계산한다. 계산한다.

미리 방에 뿌린 거울을 이용해 그녀는 전체 공간을 파악했다.

'—할 수 있어.'

모니카는 움직이지 않았다. 아니, 움직여선 안 됐다.

정지하면 적은 안심한다. 인질이 유효하다고 판단하여 절대 죽이지 않는다.

미동도 없이 순식간에 적을 쓰러뜨린다. 그게 이 장소의 절대 조건.

"코드 네임 『빙인』— 시간이 있는 한, 사랑하고 품어라."

다음 공격은 세상에서 가장 **빠른** 일격이었다.

—빛.

모니카가 든 기계에서 터진 강렬한 빛이 거울에 반사되어 남자의 안면을 덮쳤다. 직후, 이브의 눈을 향해서도 빛을 터뜨렸다.

어둠에 익숙해진 인간에게는 강렬한 일격이리라.

두 적은 동시에 신음했다. 그리고 동시에 행동하기 시작했다.

혼란스러워했다. 목숨 걸고 싸우는 와중에 갑자기 쏟아진 빛을 받아 눈이 안 보이게 되었다. 당연히 그들은 패닉에 빠졌다. 순간적으로 공격하거나 회피하려고 했다.

모니카에게는 전부 보였다. 설치한 거울, 와이어, 튀는 공, 반사하는 빛.

그녀의 연산이 공간을 지배했다.

'클라우스 씨……'

이곳에 없는 교관을 향해 말했다.

'릴리와 지비아를 쓰러뜨린 수법은— 이거지?'

이브는 와이어를 휘둘렀다. 남자는 인질을 안은 채 빛에서 도망치듯 몸을 틀었다.

그리고 모니카가 이끈 미래가 찾아왔다.

몇만씩 연산을 거듭한 끝에 나온 답— 그것은 너무나도 아름다운 **적들 간의 자멸**이었다.

적을 완전히 쓰러뜨리지는 못했다.

자기들끼리 공격하게 해서 부상을 입히고, 아빠와 아들을 구해 내고, 도주하는 것만으로도 벅찼다. 다친 적은 무리해서 쫓아오지 않았다.

안전한 곳까지 도망친 모니카는 요르단에게 메모를 건넸다.

"나는 지금부터 너희의 도주 경로의 정보를 교란할 거야. 너희는 이제 제국에서 살 수 없어. 이 주소로 가서 암호를 말해. 공화국에 망명시켜 줄 거야."

제국에 숨은 협력자가 안내해 줄 터다.

마텔에게 조국을 버리라고 하는 건 마음이 안 좋지만 목숨이 최우선이었다.

연거푸 고맙다고 하는 요르단에게 최소한의 금전을 건네고 당장 가라고 재촉했다. 그는 마지막으로 깊이 머리를 숙이고서 마텔의 손을 당겼다.

"……"

하지만 마텔이 좀처럼 움직이지 않았다. 모니카를 빤히 바라보고 있었다.

"왜 그래? 빨리 가."

"저, 저기!"

그는 상기된 얼굴로 물었다.

"역시 스승님은 초능력을 쓸 수 있는 건가요?!"

"또 그 얘기……."

"하지만 아까 스승님의 움직임은 초능력이라는 생각밖에 안 들어요."

"못 써. 조금 머리가 좋을 뿐이야."

모니카는 건조하게 웃었다.

만약 초능력이 있었다면 자신은 인생을 명쾌하게 살아갈 수 있었을 것이다.

"세상에는 나보다 대단한, 초능력자 같은 녀석이 수두룩해. 독이 안 듣는 특이 체질이나 사람의 의식에서 모습을 감출 수 있는 절도 천재 등등."

"스승님은 아닌가요……?"

모니카는 품에서 기계를 꺼냈다.

찰칵 소리가 나며 플래시가 터졌다.

"도촬."

모니카가 터뜨린 빛의 정체— 카메라였다.

"이게 내 힘이야. 허접하지?"

갑작스럽게 빛이 터진 탓에 마텔은 눈을 감았다.

동료에게도 비밀로 하고 있는 특기였다.

모니카의 연산 능력을 살려서 초점을 맞추고, 거울에 반사시키고, 타이밍을 맞춘다. 정밀하게 움직일 수 있는 그녀가 아니고서야 움직이면서 선명하게 촬영하는 것은 어려우리라.

"물론 편리하지만 말이지. 적의 모습은 찍었어. 이 사진은 공화국의 모든 스파이가 알게 될 거야. 적은 일방적으로 얼굴이 알려졌다는 사실조차 눈치채지 못해."

모니카는 멋쩍어했다.

"하지만 그렇게 대단한 능력도 아니야. 한계가 보인 망할 특기야."

넓고 얕다고 표현하는 게 적당할 것이다.

『등불』에는 더 강력한 특기를 가진 재녀가 수두룩했다. 독, 변장, 절도, 교섭, 조교, 공작, 사고. 그것들과 비교하면 얼마나 미약한 스킬인가.

뭐든 할 수 있지만 아무것도 못 한다. 자신은 그럭저럭 우수한 스파이에서 그칠 것이다.

모니카는 한참 전에 포기했다.

"스, 스승님은 융통성이 없어요."

"응?"

마텔이 뭐라고 투덜거렸다.

"프라이드가 너무 높아요. 저한테 스승님은 세계 제일의 스파이예요."

그것이 마텔 나름의 성의인 것 같았다.

어떻게 응수하면 좋을지 알 수 없어서 모니카는 말없이 마텔의 머리를 쓰다듬었다.

◇◇◇

"저기, 한 번 더 말씀해 주시겠어요……?"

일을 끝내고 호텔에 돌아가자 다시 그레테가 찾아왔다. 임무를 보고하니 그녀는 멍해져서 전술한 말을 꺼냈다. 평소 쿨한 사람을 아연하게 만드는 것은 기분이 좋다.

모니카는「그러니까」하고 의기양양하게 대답했다.

"『유곡』 사람을 세 명쯤 사진에 담고, 쫓아내고, 앤디 연구소를 자세히 아는 전기공을 우리 편으로 만들었어. 정보는 전부 우리 거야."

"……………………그렇군요."

그레테는 아주 깊게 고개를 끄덕이고서 중얼거렸다.

모니카는 침대에 앉아 다리를 꼬았다.

"나 혼자서 충분하다고 했잖아?"

"정말로 모니카 씨는 격이 다르네요."

그레테는 작게 웃었다. 조금 분하게 여기는 것 같기도 했다.

"보스도 말했습니다. 양성 학교의 낙오자 중에 모니카가 있었던 건 요행이었다고. 장래가 두려운 극상의 재능을 간직하고 있다고요."

"……! 흐응, 클라우스 씨는 빈말도 할 줄 아는구나."

일순 동요해서 저도 모르게 비아냥거렸다.

별로 접점이 없는 상대이긴 하지만, 일단 자신도 신경 써 주고 있는 모양이다.

자신의 재능에는 몇 번이나 절망했다. 어중간한 재능을 수없이 원망했다. 이런 마음을 느낄 바에야 차라리 범재로 태어나고 싶었다.

하지만 자신의 가능성을 인정해 주는 사람이 있다.

"……하나 더 질문해도 될까요?"

그레테가 물었다.

"그저께 모니카 씨는 한계가 보였기에 대충 지내게 되었다고 했죠. 그게 양성 학교에서 낙오된 이유라고."

"음, 그랬던가?"

"그럼 지금 모니카 씨가 『등불』에 있는 이유는 대체 뭔가요?"

"……."

대답하지 못한 것은 본심을 얼버무리기 위해서가 아니었다.

자신도 자신을 알 수 없었다. 체념에 사로잡힌 자신이 왜 위험의 최전선에 서는 『등불』이라는 팀에서 도망치지 않는 걸까?

—지루하다. 정열이 없다. 무엇에도 마음이 끌리지 않는다. 차갑게 식어 있다.

그 마음 상태는 지금도 별반 다르지 않을 터.

하지만 이번에— 특히 마텔의 목소리를 들었을 때, 가슴이 뜨거워진 것은 사실이었다.

대체 무엇이 자신을 움직이고 있는 걸까?

그때 뇌리에 울렸던 것은— 동료의 목소리?

"특별히 없지만, 굳이 말하자면……."

모니카는 팔짱을 꼈다.

"네."

"유쾌한 녀석들이 있으니까?"

"……좋은 대답이라고 생각합니다."

그레테는 뭔가를 납득했는지 다시 미소 지었다.

그때, 방에 놓인 무전기가 울렸다. 긴급 사태를 알리는 신호였다. 그 상대가 누군지 알아차리고 모니카는 혀를 찼다.

무전기를 들고서 상대의 목소리를 듣기 전에 말했다.

"여기는 『빙인』. 무전은 도청당할 가능성이 있으니까 비상시가 아니면 쓰지 마."

《여기는 릴리—가 아니라 『화원』! 바로 그 비상시예요! 도와주세요! 헬프! 헬프예요!》

"네가 말하면 요점이 불분명하니까 옆에 있는 녀석으로 바꿔."

《아~ 응. 여기는 지비아—가 아니라 『백귀』.》

"너희는 한 번 틀리지 않으면 죽는 병에라도 걸렸어?!"

가명이라고는 하지만 섣불리 이름을 밝히지 마. 무전을 도청당할 가능성을 생각해.

《있지, 부탁할게. 조금만 도와주지 않을래? 『화원』이 권총을 떨어뜨린 모양이라, 패닉에 빠지기 전에 찾아야—.》

모니카는 무전을 끊고 크게 한숨을 쉬었다.

정말로 이 바보들은 뭘 하고 있는 걸까.

"그레테, 아까 물어본 건 질문 자체가 잘못됐어."

"그런 것 같네요⋯⋯."

"이유와 관계없이, 내가 없으면 위험하잖아? 이 팀."

모처럼 생긴 휴식 시간을 끝내고 외출 준비를 시작했다.

직접 만나면 가만두지 않을 것이다.

무슨 벌을 줄까— 웃고서 모니카는 창문을 통해 어두운 밤으로 뛰쳐나갔다.

생물 병기 탈환 임무 때 『등불』의 정신적 열쇠가 릴리였다면 실무적인 열쇠는 모니카였다. 에이스라고 해야 할 그녀의 활약이 불가능 임무를 성공으로 이끌었다.

하지만 보기 드문 재능을 가진 그녀의 마음은 늘 차갑게 식어 있었다.

—자신의 한계가 보였다. 지루하다. 정열이 없다. 무엇에도 마음이 끌리지 않는다.

하지만 그녀는 하나 놓치고 있었다. 자신의 마음에 생기기 시작한 변화를.

변화는 이윽고 휘몰아치는 정열이 된다.

그 열기는 그녀의 인생에 커다란 변혁을 일으키고 이내 한없는 재능을 개화시킨다. 한계를 깨부수고 본인의 상상조차 아득히 뛰어넘는 스파이로 각성시켜 나간다.

그 사실을 언젠가 소녀는 알게 된다.

4장 case 그레테

「아아, 그래」 하고 클라우스가 입을 열었다.

옆에서 걷고 있던 그레테는 시선을 들었다. 소녀치고는 키가 큰 그레테지만 클라우스와 대화할 때는 올려다보는 각도가 되었다. 그가 한층 더 컸다.

클라우스를 바라보고 있자니 그레테의 얼굴이 뜨거워졌다.

그의 단정한 눈이 가느스름해지는 건 으레 편안하게 긴장을 풀고 있을 때였다.

"저기 있는 미트파이 가게에 다음에 가 봐."

그렇게 그가 가리킨 곳은 항구 도시 구석에 있는 작은 가게였다. 영업시간이 지났는지 지금은 『영업 종료』 팻말이 문에 걸려 있었다.

"……보스가 추천하신다면."

그레테가 미소 지었다.

"아주 맛있는 곳이겠죠."

"그래. 내가 아는 선에서는 최고의 미트파이야. 너무 맛있어서 한번 재현해 보려고 한 적이 있는데 잘 안 됐어."

"……! 믿을 수가 없네요. 보스가 재현하지 못하다니."

"한없이 가까운 건 만들 수 있었지만. 진짜와 완전히 똑같지는 않았어."

클라우스는 말했다.

"대대로 이어져 내려온 마음은 하루아침에 흉내 낼 수 없어."

미트파이 가게에는 간판이 걸려 있고 창업 연도가 적혀 있었다. 100년이 넘은 노포인 듯했다. 몇 대나 전부터 레시피를 물려받고 때로는 개량하며 지금에 이르렀을 것이다.

목조 가게의 모습에서도 그 긴 역사가 느껴졌다.

"……이어져 내려온 마음."

그레테가 나직이 중얼거리고서 다시 클라우스를 보았다.

"즉, 저도 보스의 마음을 받는 사람이 되라는 의미인가요……?"

"아니야."

"프러포즈죠……?"

"이 시점에 너는 이미 내 마음을 전혀 헤아리지 못하는 건데."

클라우스는 고개를 가로젓고 걷기 시작했다.

덧붙여 「나를 보스라고 부르지 마」라고 지적한 후 그는 고했다.

"그저 추천한 거야. 이곳은 『화염』 멤버와 함께 먹은 추억이 가득 담긴 가게거든."

"『화염』 멤버와……."

"임무를 성공한 상이었어. 루카스라는 남자가 좋아했지. 남은 조각을 두고서 나랑 자주 싸웠고 스승님한테 혼났어."

『화염』은 그가 예전에 재적했던 스파이팀이다. 그가 가족처럼 사랑했지만 잃어버린 존재. 루카스라는 남성도 멤버 중 한 명이었을 것이다.

"이제 그렇게 먹을 수는 없지만."

쓸쓸하게 걸어가는 클라우스의 뒷모습을 그레테는 멍하니 바라보았다.

장을 보고 돌아오는 길에 나눈 사소한 대화였다.

―하지만 그레테는 한마디 말도 빠뜨리지 않고 기억했다.

『등불』은 불가능 임무를 달성했다.

소녀들의 활약과 클라우스의 책략으로 생물 병기 『나락 인형』을 탈환하는 데 성공했다. 도중에 클라우스의 스승이자 딘 공화국의 배신자, 『거광』 기드가 앞을 가로막았지만, 성장한 소녀들의 힘으로 타도했다.

훌륭히 임무를 완수한 『등불』은 한 번 해산했으나 소녀들이 강하게 희망하여 재결성했다. 기드의 배신을 이끈 흑막 『뱀』 조사를 다음 목적으로 정하고서, 소녀들은 양성 학교에 돌아가지 않고 스파이로서 다음 한 걸음을 내딛게 된다.

클라우스는 다음 임무를 수행하기 전에 소녀들에게 열흘간 휴가를 줬다.

불가능 임무를 달성한 그녀들을 치하한 것이었다.

미트파이 가게를 둘러싼 소동은 그 휴가 중에 일어났다.

◇◇◇

"그럼 나는 나가겠어. 열흘간 확실하게 쉬도록. 혹시 몰라서 강조하는데, 신난다고 너무 촐싹대지 마."

클라우스는 그 말을 남기고서 여행 가방을 들고 현관문을 열었다.

그런 클라우스를 여덟 소녀가 배웅하고 있었다.

그의 여행 가방은 상당히 커서 긴 여행임을 알 수 있었다. 사전에 예정을 들었는데 이웃 나라인 라일라트 왕국까지 가는 모양이었다. 남성 1인의 관광 여행치고는 굉장히 짐이 많았다. 마치 열흘간의 휴가를 통째로 스파이 임무에 쓸 듯한 양이었지만, 아무리 마이페이스인 클라우스여도 설마 자신들을 데리고 가지 않고 혼자서 임무에 도전하지는 않으리라는 것이 소녀들의 발상이었다.

"선생님, 가 버렸네요."

클라우스의 모습이 보이지 않게 되었을 때, 제일 먼저 릴리가 코멘트했다.

"바빠 보였어. 할 일이 쌓여 있는 거겠지."

이어서 릴리와 친한 지비아가 코멘트했다.

두 사람은 현관문을 닫으며 한숨을 쉬었다.

릴리가 낯간지럽다는 듯 웃었다.

"왠지 느낌이 이상해요. 두 달간 줄곧 선생님이랑 같이 있었잖아요."

"그 녀석과 보낸 시간은 농밀했으니까."

지비아가 고개를 끄덕였다.

"처음에는 이상한 녀석이라고 생각했지만, 지금은 그런대로 인정하고 있어."

"선생님이 없는 열흘간⋯⋯. 조금 쓸쓸하겠어요."

"그러게. 재회가 기다려질 것 같아."

"뭐, 어쨌든 간에—."

"뭐, 여하튼 간에—."

릴리와 지비아는 문을 잠그고 다른 여섯 동료를 보았다.

""휴가다아아아아아아아아아아!""

"""""휴가다아아아아아아아아아아!"""""""

커다란 박수와 환호성이 울렸다.

사라는 박수를 쳤고, 아네트는 종이 폭죽을 터뜨렸다. 소녀들은 양손을 번쩍 들고 폴짝거리다가 최종적으로 의미도 없이 에르나를 헹가래 치며 기쁨을 나눴다.

지비아는 크게 주먹을 들었다.

"이야~ 마침내 이때가 왔어! 기다리고 기다렸어!"

그랬다. 소녀들은 지금까지 휴가다운 날을 하루도 보내지 못했다. 한 달간 쉬지 않고 훈련한 후, 2주간의 목숨을 건 잠입 임무를 끝낸 뒤였다.

당연히 기분이 고양되지 않을 리가 없었다.

"나는 내일부터 여행 삼매경이야!" "나도 느긋하게 쇼핑하고 싶어." "나님은 에르나랑 사라 누님과 모험하러 가고 싶어요!" "에르나, 아네트까지 온다는 건 못 들었어!" "하하, 셋이서 가는 게 분명 더 즐거울 걸다."

저마다 휴가 계획을 발표했다.

소녀 여덟 명이 동시에 대화를 시작하니 더할 나위 없이 시끄러웠다.

릴리가 계단을 뛰어 올라가 높은 곳에서 「자~ 주목!」 하고 외쳤다.

전원이 대화를 뚝 멈추고 릴리를 올려다보았다.

"열흘간 각자 자유롭게 보내기로 하고, 오늘 밤은 다 같이 연회예요. 선생님도 없고 훈련도 없는 밤을 즐겨요!"

다른 소녀들이 「예~이」 하고 소리를 높였다.

"목소리가 작아요! 여러분의 기쁨은 그 정도인가요?!"

다른 소녀들이 「이예에에이!」 하고 외쳤다.

"아직도 작아요!"

다른 소녀들이 「이예에에에에에에이!」 하고 소리 질렀다.

"자~ 더 큰 소리로—."

"빨리 진행해."

지비아가 태클을 걸었다.

릴리가 크흠 헛기침했다.

"그럼 먼저 식량 조달이네요. 미트파이 가게에 가요! 그레테가 가르쳐 준 곳이요. 저번에 먹었을 때 엄청나게 맛있었어요."

"……네, 보스가 추천한 가게니까요. 연회에 어울리겠죠."

그렇게 말하며 그레테가 고개를 끄덕였다. 클라우스가 떠난 것에 대한 쓸쓸함이 그녀의 표정에서 배어났지만 휴가 자체는 환영하는 것 같았다.

미트파이라는 제안에 다른 소녀들도 이의 없다며 찬성했다.

의견이 정리되자 소녀들은 곧장 밖으로 뛰쳐나갔다.

여덟 명 모두 활짝 웃고 있었다.

임무를 달성하고 첫 휴가— 그뿐만 아니라 클라우스도 없어서 특별한 느낌을 줬다. 임무를 통해 친해지기는 했지만 역시 상사가 없는 상황은 설렜다. 아이들끼리 보내는 밤에 두근거리지 않는 소녀는 존재하지 않는다.

"……미트파이 말고 다른 건 뭐 먹을까요?" "에르나, 케이크도 먹고 싶어!" "그건 어쩔까요?" "응, 멋진 포도 주스 말이지." "내가 창고에서 꺼내 둘게." "나님, 궁금해요! 뭔데요?" "먹지 마. 어린이에게는 일러." "선배님들도 미성년자 아님까?"

들뜬 대화를 나누는 것도 어쩔 수 없었다.

신난다고 너무 촐싹대지 말라는 클라우스의 지시 따위 다들 잊어버렸다.

이윽고 미트파이 가게가 보이기 시작하자 릴리가 참지 못하고 달려갔다.

다른 소녀들도 어이없다는 듯 웃으며 뒤를 따랐다.

멋진 광경이었다.

목숨을 건 임무를 극복하고 더 깊은 유대를 맺은 스파이 소녀들은 행복하게, 천진난만한 아이처럼 거리를 달렸다. 마침내 찾아온 안식을 누렸다.

그녀들은 경쟁하듯 미트파이 가게를 향해 달렸고—.

《임시 휴업》

—그 팻말을 못 보고 전원 문과 격돌했다.

소녀들이 차례차례 문에 부딪치는 진기한 사건이 벌어지자 점주가 허둥지둥 뛰어나왔다.

사람 좋아 보이는 고령의 남성이었다. 코를 부여잡고 웅크린 소녀들을 이상하다는 듯 보다가 『임시 휴업』 팻말 때문에 벌어진 일임을 헤아리고서 사과했다.

"아뇨, 전면적으로 저희 잘못이지만⋯⋯."

빨개진 코를 문지르며 릴리가 물었다.

"근데 왜 휴업인가요?"

"조금 말썽이 있어서 말이지."

점주가 미안해하며 머리를 숙였다.

"실은 가게를 접을 생각이야."

""""네?""""

눈을 동그랗게 뜬 사람은 릴리뿐만이 아니었다. 장사가 잘되는데 왜 가게를 닫아야 한단 말인가.

자세한 사정을 말하고 싶지 않은지 주인은 애매하게 웃으며 얼버무렸다.

"응? 음식물 쓰레기 냄새가 나."

모니카가 반응했다.

가게 앞에 늘어선 채송화 화분에 날카로운 시선을 보냈다.

"오늘 아침 가게 앞에 뿌려진 거려나? 괴롭힘이라도 당하고 있어?"

"아, 알 수 있는 건가?"

주인이 당황했다.

"조금은. 이것도 인연인데 무슨 일이 있었는지 들려주지 않을래?"

모니카가 으스대는 얼굴로 점주를 바라보았다.

그는 한숨을 쉬고서 「얘기한들 어떻게 될 일도 아니야」라고 중얼거렸다.

"하지만 이유를 밝히면 아가씨들도 납득해 주겠지. 만하임 짓이야."

"만하임? 그 식품 회사?"

주인이 무겁게 고개를 끄덕였다.

만하임은 소녀들도 아는 유명한 기업이었다. 수도 근교에 여러 레스토랑과 직영점을 내고, 고기 요리를 중심으로 많은 가정 요리를 제공했다. 포장해 가는 프라이드치킨과 레스토랑에서 먹을 수 있는 비프스튜가 유명했다.

릴리가 「마, 마, 만하임의 프라이드, 치~킨♪」 하고 라디오 CM송을 노래했다. 귀에 거슬렸기에 전원이 무시했다.

주인은 어깨를 떨궜다.

"실은 지난달에 사장이 직접 『미트파이 레시피를 팔아 달라』고 부탁했어."

"흐응, 좋은 일이잖아."

"전혀 좋은 일이 아니야. 금액은 적고, 다시는 이 가게에서 미트파이를 제공하지 말라는 조건까지 붙여서…… 당연히 거절했지만—."

"그날부터 괴롭힘이 시작된 건가."

모니카가 주인의 설명을 이어받듯 말했다.

주인이 말하길, 가게 앞에 쓰레기를 뿌릴 뿐만 아니라, 평소 이용하는 거래처에서 밀가루를 살 수 없거나, 전기 기구 가게에서 오븐 수리를 거절하게 되었다고 한다. 뭔가 압력이 있었다고 생각할 수밖에 없었다.

"원래부터 나이가 있으니 말이지. 최근에는 허리도 안 좋아졌고……."

주인은 힘없이 고개를 가로저었다.

"후계자도 없으니 냉큼 레시피를 팔고 가게를 접는 편이—."

"—하지만."

그레테가 말을 막았다.

"……이 가게는 옛날부터 동네 사람들이 좋아하는 가게예요. 주인장이 만드는 미트파이를 기대하는 사람이 몇백, 몇천 명 있어요. 저희도 그중 한 명이에요."

"대대로 이어져 내려온 가게니까."

주인은 깊은 한숨을 쉬었다.

"하지만 어쩔 수 없는 건 어쩔 수 없어. 아가씨의 그 말만으로도 기뻐."

자신을 타이르듯 중얼거리고서 주인은 슬픈 표정을 지으며 점내로 돌아갔다.

소녀들은 그 뒷모습을 바라볼 수밖에 없었다.

소녀들은 무거운 발걸음으로 귀갓길에 올랐다.

그 얼굴에 아까와 같은 웃음은 없었고 표정은 우중충했다. 들떴던 기분은 날아가 버렸다. 기대했던 미트파이를 못 사게 되니, 이제 와서 다른 걸 먹을 기분도 들지 않았다.

아네트가 「축하 무드가 엉망이 됐네요!」 하고 솔직하게 중얼거렸고, 에르나가 「응」 하고 긍정했다. 두 사람을 위로하듯 사라가 머리를 쓰다듬었다.

"……영차."

앞장서 걷던 릴리가 딱딱한 표정으로 스트레칭을 시작했다. 팔을 쭉 뻗고 심호흡을 반복했다.

옆에 있는 지비아도 똑같았다. 「웃차」 하고 손가락을 하나하나 꺾으며 우두둑 소리를 냈다.

「갈까요」 하고 릴리가 말했고 지비아도 「그래」 하고 중얼거렸다.

두 사람은 거의 동시에 답했다.

"—만하임을 없애죠."

"—만하임을 없애자."

씩 웃으며 주먹을 맞부딪쳤지만—.

"아니아니아니! 기다려, 기다려."

황급히 두 사람의 어깨를 잡아 말리는 소녀가 있었다.

티아였다. 그녀는 작정한 릴리와 지비아를 필사적으로 달랬다.

"마음은 이해하지만 너희 대체 뭐 하려고?"

"사장에게 독을 먹일 거예요." "사장을 날려 버릴 거야."

"너무 억지야!"

티아는 비명을 지르듯 말했다.

이마를 짚고 어이없어하며 한숨을 쉬었다.

"있지…… 상대는 일반인이야. 경찰이 달려오면 어쩔 거야?"

지비아가 짜증스레 중얼거렸다.

"하지만 범죄 행위를 저지르고 있는 건 그 녀석들이잖아……?"

"증거가 없어. 상대는 유명한 기업이야. 사장이라면 부와 권력도 있겠지. 괴롭히는 것도 본인이 직접 하고 있지는 않을 거야."

티아가 씁쓸한 표정으로 중얼거렸다.

"나도 물론 화가 나. 하지만 사장을 벌해도 다대한 손해는 메꿀 수 없어. 트러블을 해결해도 점주에게는 가게를 이어 나갈 기력이 안 남아 있을지도 몰라……."

"" ……윽.""

릴리와 지비아가 입술을 깨물었다. 힘들어하던 주인의 표정을 떠올리고 주먹을 움켜쥐었다.

다른 소녀들도 고개를 숙였다.

그녀들은 딱 한 번 가게의 미트파이를 먹은 적이 있었다. 기막히게 맛있어서 감격했다. 그 맛을 타인에게 **뺏긴다**고 생각하니 가슴이 괴로워졌다. 똑같은 허무함에 사로잡힐 사람이 동네에 얼마나 많을지―.

"……아뇨."

그레테가 고했다.

"―저희라면 이 궁지를 타파할 수 있을 거예요."

전원의 시선이 그레테에게 모였다.

릴리가 놀라며 물었다.

"그레테, 책략이 있나요?"

"네……. 하지만 물론."

그레테는 미소 지었다.

"여러분의 힘이 필요해요."

소녀들은 서로 마주 보고 고개를 끄덕였다.

반대 의견은 나오지 않았다.

유일하게 모니카가 「클라우스 씨는 촐싹대지 말라고 했지만 말이지」 하고 비꼬듯 중얼거렸지만 귀를 기울이는 분위기는 아니었다.

릴리가 「결정됐네요」 하고 손뼉을 쳤다.

"해치워 버리죠! 타도 만하임!"

"""""""오오~!"""""""

전원이 주먹을 맞부딪쳤다.

클라우스가 없는 휴가에— 소녀들의 대작전이 시작되었다.

하루도 지나지 않아 소녀들은 만하임의 정보를 모조리 모았다.

아지랑이 팰리스의 홀에 차례차례 보고가 올라왔다. 정보 수집은 스파이의 본분이었다. 타국의 연구소에서 정보를 훔치는 것과 비교하면 식품 회사의 내부 사정 따위 쉽게 모을 수 있었다.

그레테는 홀에서 대기하며 계획을 짰다.

'⋯⋯보스의 추억이 담긴 가게가 없어지게 할 수는 없으니까요.'

가슴에 있는 것은 너무나도 올곧은 연심이었다.

휴가라 부재한 동안 클라우스가 사랑하는 것을 잃을 수는 없었다.

제일 먼저 정보를 모아 온 사람은 티아였다.

화려한 드레스를 입고서 돌아왔다. 고급 카바레의 호스티스 같은 차림으로 가슴 쪽도 대담하게 파여 있었다. 이렇게 고혹적인 옷을 소화할 수 있는 사람은 팀에서 티아뿐이었다.

"듣자 하니 만하임의 사장이 새로 바뀌었다고 해. 2대 사장은 멍청이야. 눈 깜짝할 사이에 수익을 악화시켜서 사내에서 좋아하는 사람이 없다나 봐."

그레테는 고개를 끄덕였다.

"⋯⋯사내에서 고립되어 아무도 상대해 주지 않으니까 역전할 비책을 찾고 있는 건가요. 인기 가게의 레시피를 욕심내는 것도 그래서겠죠."

"맞아. 일의 발단은 그의 폭주야. 자세한 얘기는 오늘 밤에 들어둘게."

"오늘 밤이요?"

"총무과장이랑 데이트가 있거든. 듬뿍 대접받고 올게. —여러 가지 의미로."

티아는 고아하게 웃으며 윙크하고서 홀을 떠났다.

다음으로 돌아온 사람은 지비아였다.

티아와는 대조적으로 포멀한 정장을 입고 있었다. 어울리지 않는 하이힐은 어깨에 걸치고서 스타킹을 신은 채 홀에 돌아왔다.

"사원증, 훔쳐 왔어."

지비아가 의기양양하게 여성 사원의 카드를 던졌다.

"그 녀석 행세를 하며 거래처를 돌고 왔어. 멍청한 2대 사장은 젊었을 때부터 어울린 나쁜 친구들이 있는 것 같아. 괴롭힘의 주범은 그 녀석들이겠지."

"뒷세계와 이어져 있을 것 같나요……?"

"응. 예전에 권총을 몰래 가지고 있었다는 증언도 있어. 그래서 아무도 거역하지 못해."

"……너무 일을 키우지 않는 편이 좋겠네요."

점주에게 폐를 끼치지 않도록 처리해야 한다.

그레테는 조용히 판단하고 고개를 끄덕였다.

그 밖에도 속속 정보가 모이며 금방 계획이 결정됐다.

그레테는 홀에 모인 동료에게 물었다.

"······저희 중에서 가장 머리가 나빠 보이는 사람은 누구일까요?"

""""""릴리.""""""

"네?!"

이리하여 작전의 핵심 인물은 릴리로 결정.

이틀 후, 만하임의 사장은 그레테가 던진 미끼를 물었다.

수도 근교의 공동 주택에서 릴리는 천천히 차를 마시고 있었다.

최소한의 가구밖에 없는 낡은 공동 주택이었다. 가구라고 부를
수 있는 것은 침대와 테이블뿐. 일단 카펫도 깔려 있지만 너덜너덜
하고 곳곳에 벌레 먹은 자국이 있었다. 환경 자체가 열악하여 집
전체에서 퀴퀴한 냄새가 났다.

릴리도 여기저기 올이 뭉친 스웨터를 입은 초라한 모습이었다.

"아아, 불쌍한 리릴린······."

창문을 바라보며 릴리는 중얼거렸다.

"할아버지가 만드는 미트파이를 사랑했던 리릴린. 그녀는 언젠가
가게를 이어받을 자로서 미트파이 레시피를 물려받았어요. 하지만

그녀는 연극배우라는 꿈을 포기할 수 없었죠. 미트파이인가 연극인가. 고민에 고민을 거듭한 끝에 그녀는 가출하여 이 땅에서 노력하고 있어요. 하지만 연극배우로서 좀처럼 싹을 틔우지 못하고 리릴린은 오늘도 가난해요. 흑흑, 리릴린은 눈물이 나요."

굉장히 연극조의 대사였으나 집에는 그녀밖에 없기에 아무도 태클을 걸지 않았다.

그때, 노크 소리가 울렸다.

「집세라면 못 내요~」 하고 대답하며 그녀는 문을 열었다.

사람 좋아 보이는 댄디한 남자가 서 있었다. 고급 정장에 목걸이와 반지 등의 장식품을 착용하고 있었다. 알기 쉬운 졸부였다.

그가 바로 만하임의 2대 사장, 다비드였다.

그는 비싸 보이는 모자를 벗으며 「네가 리릴린 양이지?」 하고 말했다.

"하, 하아…… 맞아요."

"그렇게 긴장하지 않아도 돼. 나는 이런 사람이야."

그는 온화한 표정으로 명함을 내밀었다.

릴리는 눈을 동그랗게 떴다.

"마, 만하임의 사장님이요?! 왜 갑자기……?!"

"들어가도 될까?"

"앗, 네! 아무것도 없는 집이지만."

다비드는 성큼성큼 들어와 인테리어를 흘낏 보고 작게 웃었다.

"정말로 아무것도 없는 집이군. 참으로 누추해."

"하아…… 죄송해요."

"너를 조사했어. 배우 지망생이라지? 아무 극단에도 소속되지 못하다니 심각한데."

"어……? 그걸 누구한테?"

"작은 금발 친구가 가르쳐 줬어. 아주 고생하고 있다며 걱정하더군. 좋잖아. 연극의 첫걸음은 인간관계부터야."

다비드는 잘난 듯이 설교했다.

그리고서 릴리의 몸을 핥듯이 보았다.

"생긴 것도 나쁘지 않아."

다비드는 만족스럽게 미소 지었다.

"오히려 좋아."

"고, 고맙습니다……."

"그래. 네가 원한다면 내가 극단을 소개해 줄 수도 있어. 연줄이 있거든."

"저, 정말인가요?!"

"단—."

뜸을 들이고서 다비드는 고했다.

"—너희 할아버지의 미트파이 레시피를 가르쳐 준다면 말이야."

"엇……."

"우연히 이런 사진을 손에 넣었어."

다비드는 사진 한 장을 테이블에 놓았다.

미트파이 가게의 주인과 릴리가 사이좋게 나란히 찍힌 사진이었다.

"하, 할아버지와 제 사진…… 이, 이걸 어디서?!"

"우리 총무과장이 정보통에게서 얻은 거야. 아주 사이가 좋아 보이는군."

"……윽."

"미트파이 레시피를 물려받았지? 그걸 가르쳐 주기만 하면 돼."

"하, 하지만, 할아버지가 아무한테도 말하지 말라고 했는데……."

릴리는 불안한 듯 눈을 내리뜨고 의자에 앉았다. 생각에 잠긴 것처럼 손가락을 비볐다.

다비드가 다정한 목소리로 말했다.

"그래. 너희 할아버지는 좀처럼 안 가르쳐 주더군. 하지만 상관없어. 너는 할아버지와 이미 연을 끊었잖아?"

마치 머리 나쁜 딸을 타이르는 아빠 같은 말투였다.

"괜찮아. 비밀을 지킬 거야. 너는 그저 레시피를 가르쳐 주기만 하면 돼."

"……으, 정말인가요?"

"물론 그에 걸맞은 금액도 지불하겠어. 1000덴트. 이곳 집세의 3개월분이야."

"그, 그렇게나 주신다고요?"

다비드는 지갑을 꺼내며 고개를 끄덕였다.

"이 자리에서 현금으로 줄 수도 있어."

"……!"

릴리는 일순 웃었다가 금세 다시 눈을 내리떴다.

"하지만……."

"뭘 망설이지? 꿈도 이루어지고 돈도 얻을 수 있어. 좋은 일뿐이잖아."

다비드는 한 번 더 릴리의 몸을 보았다. 그리고 음흉하게 히죽 웃었다. 그는 가볍게 침대를 쓸었다.

"그래. 만약 내 애인이 된다면 다달이 200덴트도—."

"네? 맞을래요?"

"뭐?"

"……크흠. 최, 최근 감기 기운이 있어서요."

릴리는 작위적으로 기침했다.

일순 정색한 것을 얼버무리듯 입가를 가렸다. 그 입술에서 「더는 연기 못 할 것 같아요오」 하는 중얼거림이 새어 나왔지만 상대는 못 들은 것 같았다. 소매에 무전기 같은 것이 있었지만 이것도 상대는 눈치채지 못한 듯했다.

릴리는 홍차를 마시며 가볍게 한숨을 쉬었다.

"실은 말이죠, 제가 고민하는 건 다른 사정이 있어서예요."

"음?"

"만하임보다 먼저 레시피를 사고 싶다는 사람이 있었거든요."

"……그렇군. 나보다 먼저 움직인 녀석이 있었나."

다비드는 입술을 핥았다.

"누구지? 가르쳐 주겠어?"

그는 미간에 주름을 잡았다.

상황에 따라서는 없애 버리면 된다— 그런 사나운 의지가 눈동자에서 보였다.

릴리는 테이블에 놓인 잡지를 들고 표시해 둔 페이지를 펼쳤다. 이웃 나라에서 유명한 레스토랑 셰프를 다룬 특집이었다.

"이 사람— 숀 뒤몽 씨예요."

"뭐?!"

다비드는 말을 잇지 못했다.

"숀 뒤몽?!"

미식계에서 모르는 사람이 없는 셰프였다. 이웃 나라 라일라트 왕국에서 가장 권위가 있고, 전 세계에서도 다섯 손가락에 들며, 그 독창적인 요리를 좋아하는 팬이 전 세계에 있었다.

"거, 거짓말도 작작 해!"

다비드는 확연하게 당황했다.

"세계적으로 손꼽히는 셰프야. 레스토랑은 몇 년 뒤까지 예약이 차 있는 레전드라고. 그런 사람이 이런 시골 국가에 관심을 보일 리가—"

"그리고 곧 집에 올 예정이에요."

그때, 초인종이 울렸다.

릴리가 「네~」 하고 웃으며 문을 열었다.

의연하게 선 노신사가 있었다.

다비드는 얼굴이 새파래져서 잡지에 달려들었다. 그리고 거기에 실린 사진과 눈앞에 있는 인물을 비교하고 아연실색한 표정을 지었다.

"지, 진짜…… 숀 뒤몽?"

조금 전의 여유가 사라진, 한심하게 떨리는 목소리였다.

노신사는 온화하게 미소 지었다.

◇◇◇

—어떻게 된 것이냐면.

당연히 소녀들에게 숀 뒤몽을 데려올 수 있는 연줄 따위 없었다. 그의 정체는 변장 전문가— 그레테였다.

그녀는 잡지의 사진을 보고 세계적인 셰프를 완벽하게 모방했다. 그 밖에도 그녀는 세 가지 함정을 준비했다.

첫 번째는 정보. 티아가 총무과장을 통해 사장에게 정보를 잘 전달했다. 「미트파이 가게의 주인에게는 레시피를 물려받은 손녀가 있다」는 정보를.

두 번째는 모니카가 위조한 사진. 그녀는 미트파이 가게의 주인을 도촬하여 릴리의 사진과 잘 맞붙였다. 얼핏 보면 사이좋은 할아버지와 손녀로 보였다.

세 번째는 에르나. 그녀는 사고나 악인을 끌어들이는 체질이었다. 미트파이 가게 주변을 어슬렁거리니 곧장 질 나쁜 사람에게 둘러싸였다. 다비드의 앞잡이로 보이는 사람에게 사진과 공동 주택의 주소를 알려 줬다.

이리하여 다비드는 감쪽같이 유도당하여 있을 리도 없는 숀 뒤몽과 마주하고 있었다.

　노신사로 변장 중인 그레테는 미소 지었다. 하지만 그녀는 남성과 이야기하는 데 서툴렀다.

　대신 그녀 옆에 블라우스 차림인 티아가 서 있었다.

　"통역사입니다. 어머, 리릴린 씨. 손님이 와 계신 건가요?"

　숀 뒤몽은 외국인이다. 통역사가 옆에 있어도 부자연스럽지 않았다.

　릴리는 다비드를 소개했다.

　그러자 숀으로 분한 그레테가 「──!」 하고 크게 외쳤다.

　통역사 역할을 맡은 티아가 고개를 끄덕이고 통역했다.

　"말도 안 된다면서 숀 씨는 화내고 계세요. 만하임의 사장님?"

　"……뭐, 뭐가 말이 안 된다는 거지?"

　거물이 출현해서 그는 당황했다.

　티아는 업신여기듯 코웃음 쳤다.

　"그 미트파이 레시피가 1000덴트? 측은하군. 식품 회사의 사장이 물건의 가치도 몰라. 숀 씨는 20만 덴트를 낸다고 해요."

　"이, 20만이라고?!"

　"그 정도 가치가 있어. 이건 전 세계 사람들을 매료할 마법의 레시피야. 내가 직접 찾아올 정도지. ─숀 씨는 그렇게 말씀하시네요."

　잔챙이에게는 관심 없다.

　그렇게 말하듯 티아는 다비드에게 등을 돌렸다.

　"리릴린 씨, 어때요? 리릴린 씨가 인정해 주신다면 바로 지불 절차를 진행하겠어요. 그리고 저희 레스토랑에는 전 세계에서 연극계의 스타가 찾아와요. 만약 기회가 있으면 소개할 수 있을지도 모르죠."

릴리는 폴짝 뛰었다.

"레시피, 팔게요!"

"그럼 계약 체결이네요."

숀으로 분한 그레테와 릴리가 악수했다.

완전히 소외된 다비드에게 티아가 마무리 일격이라는 듯 말했다.

"이로써 레시피는 저희 겁니다. 이후 리릴린 씨나 조부님에게 접근하지 마시길."

"윽, 너희. 이렇게 강제로……."

"우리를 적으로 돌릴 거라면 마음대로 하시죠. 숀 씨가 『만하임의 요리는 맛없다』라고 중얼거리기만 해도 그쪽 회사 따위는 순식간에 사라지겠지만."

"……윽."

다비드는 테이블을 세게 때렸다. 쿵 소리가 집에 울리며 테이블에 금이 갔다.

하지만 그건 눈물겨운 저항에 불과했다.

그는 시뻘건 얼굴로 다른 사람들을 노려보고서 수치스러워하며 집 밖으로 나갔다.

◇◇◇

그날 밤, 아지랑이 팰리스의 식당에서 연회가 열렸다.

"완·전·승·리♪."

유리잔을 맞부딪치며 소녀들은 싸움의 성과를 축하했다.

호화로운 요리를 차려 놓고 만하임의 사장을 격퇴한 것을 기뻐했다. 클라우스가 없어서 들떴던 기분으로 돌아와 있었다. 그녀들은 저마다 무용담을 이야기했다.

지비아는 즐겁게 고기를 먹으며 하얀 이를 보였다.

"완벽해. 이로써 만하임의 사장은 레시피를 노릴 의미가 없어졌어. 숀 뒤몽에게 정면으로 덤빌 배짱도 없을 테니까. 포기하겠지."

마찬가지로 기분이 좋은 릴리가 이어서 말했다.

"이야~ 스마트했어요. 거친 방식은 전혀 안 쓰고서 해결됐네요."

"솔직히 나는 직접 날려 버리고 싶었지만."

두 사람은 밝은 목소리로 「예~이」 하고 말하며 유리잔을 부딪쳤다.

덧붙이자면, 사실 그녀들이 타인을 완벽하게 속이는 일은 드물었다. 평소 훈련 때는 클라우스에게 패배를 거듭하고, 실제 임무에서도 제일 중요한 부분은 클라우스에게 다 맡겼다.

말하자면 소녀들끼리 거둔 승리다운 승리였다.

그래서 그녀들은 한없이 격양되어 있었다. ─그레테를 포함해서.

'제법 잘 풀렸어요……'

그녀는 소란에서 한 발짝 물러나 만족스러운 기분으로 동료들이 기뻐하는 모습을 바라보았다.

식당 끄트머리에서 「예상대로입니다」 하고 중얼거렸다.

'……분명 보스도 만족하겠죠.'

전부 그녀의 계획대로 진행됐다.

유감스러운 점이 있다면 이 성과를 사랑하는 상대에게 보여 주지 못한다는 점일까.

"오, 이번 계획을 세운 사람이 왜 혼자 있어?"

모니카가 다가왔다.

그레테가 앉은 의자에 미네랄워터 병을 툭 부딪쳤다. 건배인 듯했다.

"수고했어. 역시 네가 있으면 일이 잘 굴러가."

"네…… 감사합니다."

가볍게 고개를 숙였다.

하지만 문득 의문이 들었다.

곧잘 빈정거리는 모니카가 솔직하게 남을 칭찬하는 일은 거의 없었다.

"하지만 너무 힘이 들어간 거 아니야?"

모니카가 입꼬리를 올렸다.

"웬일이래. 솔직히 이렇게까지 네가 진력하는 건 의외였어."

이걸 묻고 싶었나 보다.

모니카는 히죽히죽 웃으며 그레테 옆에 앉았다.

그레테는 솔직하게 대답하기로 했다.

"……『화염』의 추억이 있는 맛이라고 했어요."

"『화염』?"

"네. 그 가게에는 『화염』의 추억이 가득 담겨 있다고 보스가 그랬어요. 보스가 없을 때 그 가게가 없어지도록 놔둘 수는 없어요……."

"역시 클라우스 씨 관련인가."

모니카는 재미있다는 듯 웃었다.

"갸륵하네. 좋아하는 사람이 좋아하는 것을 위해 그렇게까지 하는구나."

"……틀린 걸까요?"

"글쎄? 너와 클라우스 씨의 관계를 나는 잘 모르니까."

그레테가 클라우스에게 연심을 품고 있다는 것은 이미 주지의 사실이었다. 나름대로 숨긴다고 숨겼는데 뻔히 보인 듯했다.

눈치채지 못한 사람은 클라우스뿐—이라고 그레테는 인식하고 있었다.

"솔직히 저와 보스는 마음이 통하는 것 같지 않아요……."

"보면 알아."

"그래서 적어도 보스의 마음을 읽고 정성을 다하고 싶어요."

클라우스와 대화하면서 이야기가 맞물리지 않는다고 느낄 때는 많았다.

그도 말재주가 부족했고, 그레테도 감정이 이끄는 대로 내달려 버렸다. 그럴 때마다 미묘한 분위기가 흘러서 클라우스가 눈썹을 찡그렸다.

『아니, 그런 뜻이 아니야』라는 말을 대체 몇 번이나 들었는지.

그게 참을 수 없이 쓸쓸했다.

—클라우스의 마음을 올바르게 받아들이고 싶다.

그레테는 강하게 소망했다.

그렇기에 그녀는 클라우스의 추억이 담긴 미트파이 가게를 지키려고 움직였다.

'아주 조금이라도 보스의 마음에 다가갔을까요…….'

그녀는 가슴 근처에서 주먹을 꽉 쥐었다.

"흐응."

모니카는 재미없다는 듯 소리를 냈다.

그리고 정색하더니 갑자기 차가운 어조로 말했다.

"—정말 이런다고 클라우스 씨가 기뻐할 것 같아?"

"네……?"

마음을 후벼 파는 날카로운 말이었다.

그레테가 눈을 홉뜨고 있으니 모니카가 냉담하게 웃으며 고했다.

"클라우스 씨가 한 번이라도 『미트파이 가게를 지켜 달라』고 했어? 우리한테 말한 건 두 개지. 『확실하게 쉬어라』와 『너무 촐싹대지 마라』. 내가 보기에 너는 둘 다 깬 것 같은데."

"……!"

"클라우스 씨는 우리가 배운 기술로 그런 자질구레한 악당을 응징하길 바랐을까?"

"……."

바로 대답할 수 없었다. 몸이 경직되었다.

지적받을 때까지 생각도 못 했다. 자신의 행동은 그저 일방적인 강요일까—?

그러자 모니카가 그레테의 등을 두드렸다.

"—농담이야. 그런 표정 짓지 마."

"……하아."

"그냥 심술부린 거야. 나는 연애에 한결같은 사람을 보면 질투하는 체질이거든."

모니카는 너스레를 떨고서 동료 곁으로 돌아갔다.

심술이라고 설명했는데 그 말이 맞았다. 강렬한 심술이었다.

마음에 어두운 그림자가 드리워졌다.

'……정말로 저는 보스의 마음을 제대로 이해한 걸까요?'

일말의 불안에 사로잡혀 있으니 전화가 울렸다.

다른 소녀들이 대화를 뚝 멈추고 홀을 향해 걸어갔다.

아지랑이 팰리스에는 전화가 한 대 있지만 보통은 연결되지 않았다. 어떤 번호로 전화를 걸어서 교환원에게 암호를 말해야 연결되는 구조였다.

하지만 이번만큼은 살짝 손을 봤다.

릴리가 숨을 삼키고 수화기를 들었다.

"네, 여보세요. 누구신가요?"

《나야. 다비드.》

새어 나온 목소리를 듣고 소녀들은 깜짝 놀랐다.

아네트가 전화기와 스피커를 연결했다.

《미안해. 조금 얘기를 하고 싶어서 전화했어.》

다비드의 스스럼없는 목소리가 홀에 울렸다.

그에게는 특별한 번호를 알려 줬다. 일시적으로 아지랑이 팰리스로 연결되는 회선이었다.

「네, 리릴린이에요. 낮에는 감사했어요」 하고 릴리가 가명을 말했다.

지비아가 「근데 리릴린은 뭐야?」 하고 새삼스레 태클을 걸었다.

《하나 묻고 싶은데, 레시피는 이미 팔아 버렸나?》

다비드가 질문했다.

릴리는 힐끔 뒤돌아 그레테의 수신호를 확인했다.

"아직이요."

릴리가 답했다.

"하지만 이제 계약서에 서명하려고요."

《그 계약, 잠깐만 기다려 줄 수 있을까?》

"네? 그렇게 말씀하셔도…… 20만 덴트가 손에 들어오고…….."

낮에 그랬던 것처럼 떨떠름해하자 다비드가 말했다.

《나는 25만 덴트를 내겠어. 부디 만하임에 양도해 줘.》

소녀들 대부분이 「허?」 하고 경악한 표정을 보였다.

25만 덴트— 성인 남성 연봉의 일곱 배를 넘었다.

릴리도 무심코 「자, 잠시만요!」라고 외치고서 수화기를 손으로 막았다.

"그레테, 이건 대체⋯⋯?"

동료의 시선을 받고 그레테는 「예상대로입니다」라며 미소 지었다.

실은 여기까지 모두 그녀의 책략이었다.

"⋯⋯그의 입장에서는 당연한 판단이겠죠. 숀 뒤몽이 절찬한 레시피— 만약 그런 게 실재하여 독점한다면 창출될 이익은 25만 덴트를 훨씬 넘어요. 회사를 크게 비약시킬 수 있어요."

티아에게 과할 정도로 칭찬하라고 시킨 것은 이걸 위해서였다.

미트파이 레시피의 가치를 올려서 상대로부터 거금을 **빼앗기** 위해.

"⋯⋯주인장이 가게를 계속 경영하려면 손해를 메꿔야만 해요. 가짜 레시피를 다비드 씨에게 팔아서 보상시키는 거죠."

그녀의 작전에 「오오오오오」 하고 환호성이 일었다.

괴롭힘을 당한 미트파이 가게 주인은 가게를 이어 나갈 기력을 잃은 것 같았다. 거액의 자금 원조가 들어오면 다시 의욕을 보일지도 모른다.

사기 쳐서 돈을 **뺏는다**— 그것이 그레테가 꾸민 계획의 전모였다.

릴리는 안도하여 웃고서 다시 수화기에 대고 말했다.

"네! 정했어요! 다비드 씨에게 레시피를 양도할게요."

《그래. 고마워.》

"그럼 내일 직접 거래해요. 레시피와 현금을 교환하는 거죠?"

《그래, 상관없어. 현금으로 25만 덴트를 가져가지.》

릴리는 엄지를 척 들었고 다른 소녀들도 똑같이 화답했다.

이로써 사기는 성공한다— 그렇게 기뻐했다.

상대가 다음 말을 뱉기 전까지는.

《다만 조건이 있어. —내 눈앞에서 레시피대로 조리하여 가게와 완전히 똑같은 물건을 만들어 줘.》

그 말을 듣고 소녀들이 웃는 얼굴로 굳었다.

그레테도 예상치 못한 사태였다.

뭔가가 이상했다. 곧장 릴리에게 수신호를 보냈다.

"어, 으음……."

릴리가 시치미를 뗐다.

"혹시 저를 의심하시나요?"

《혹시 모르니까. 네가 정말로 레시피를 알고 있다면 가능하잖아?》

"무, 물론이죠~ 하지만 굳이 확인이 필요할까요?"

《원래 이럴 생각은 없었어. 하지만 25만 덴트는 역시 고액이고, 네 태도가 조금 이상했으니까.》

"이, 이상했다고요?"

《『맞을래요』는 아니지— 일부러 레시피를 구하러 온 사람한테 말이야.》

전원이 「아」 하고 소리를 냈다.

애인 계약을 요구받았을 때 릴리가 순간적으로 꺼낸 말이었다.

《어쨌든 레시피가 진짜라는 확증을 얻기 전까지 돈은 줄 수 없어. 의심해서 미안하군.》

"아, 아니에요. 괜찮아요~."

《다행이야. 그럼 가게와 완전히 똑같은 미트파이를 먹을 수 있길 기대할게.》

"네……. 레시피는 진짜니까 당연히 똑같이 만들어 드릴게요."

그대로 다비드와 약속 시각을 정하고 릴리는 전화를 끊었다.

"""""""……………."""""".

무거운 침묵이 생겨났다.

상황을 정리하느라 잠시 시간이 흘렀다.

지비아가 신음하듯 「으음, 요컨대?」 하고 말했다.

"망한 거 아니야? 우리는 진짜 레시피 따위 몰라. 가게와 완전히 똑같은 걸 만들 수 있을 리가 없어."

그 말이 맞았다.

레시피를 자세히 추궁받으면 소녀들의 거짓말은 탄로 난다. 상대가 돈을 내게 할 수단이 없었다. 거의 다 왔는데 결정타가 없었다.

아무도 말을 잇지 못하는 가운데, 사라가 주먹을 꽉 쥐었다.

"바, 바꿔치기하죠! 가짜 레시피대로 만들고 몰래 진짜 미트파이랑 교환하는 겁다. 제가 동물로 빈틈을 만들고, 아네트 선배가—."

"네! 나님이 오븐을 개조하면 완벽해요!"

회분홍 머리 소녀, 아네트가 이어서 말했다.

그녀는 곧바로 양손에 드라이버를 들고 천진난만하게 웃으며 폴짝 뛰었다.

"그걸로는 불완전해."

하지만 티아가 냉정하게 지적했다.

"결국 진짜 미트파이를 준비해야 해. 하지만 주인을 끌어들일 수는 없어. 우리가 하고 있는 건 어엿한 범죄 행위야. 협력시킬 수 없어."

"".............""

사라와 아네트가 동시에 고개를 숙이고 시무룩한 얼굴이 되었다.

그런 소녀들을 격려하듯 티아가 미소 지었다.

"하지만 좋은 아이디어야. 진짜에 한없이 가까운 미트파이를 준비할 방법은 있어."

그녀는 전화기로 다가갔다.

"선생님한테 부탁하자. 선생님은 한 번 재현한 적이 있다고 그레테가 그랬잖아? 선생님한테 레시피를 들으면 돼."

그는 라일라트 왕국에 체재한다고 했다. 혹시 몰라서 체재할 호텔도 가르쳐 줬다. 해외 통화가 되겠지만 문제없을 터다.

전화는 연결되었다. 티아는 「아, 선생님. 꼭 가르쳐 줬으면 하는 게 하나 있어서」하고 웃으며 사기 행위를 숨기고 레시피를 물었다.

하지만 금세 표정이 어두워졌다.

이윽고 티아는 「……고마워」하고 기운 없는 목소리로 전화를 끊고 「이게 레시피야」라며 동료에게 메모를 내밀었다.

『A – 다진 소 목등심, 양파, 당근, 사과, 마늘, 후추소금, 레드와인 : 전부 적량

B – 강력분, 박력분, 옥수수 녹말, 물, 버터 : 전부 적량

①A를 섞는다. (에마이 호수의 석양에 파란 물감을 한 방울 떨어뜨린 색이 된다)

②B를 섞는다. (세 번 꼬집은 에르나의 볼처럼 말랑거리게)

③A를 B로 감싼다. (루트 설원의 봄처럼 매끄럽게)

④굽는다. (포송송하게 구워지면 꺼낸다. 포숑숑해도 맛있다)

건투를 빈다.』

"""""""""……………."""""""""

절망적인 레시피였다.

어떻게든 재료는 파악이 되지만 공정은 엄청나게 대략적이었다. 중간중간 들어가는 포인트는 혼란만 부를 뿐이었다.

「재료가 전부 적량이잖아!」하고 지비아가 가장 어려운 부분을 지적했다.

배분이고 뭐고 전혀 알 수 없는 쓸모없는 메모였다.

─다 끝났다.

이제 도망칠 수밖에 없다.

"저기!"

거기서 릴리가 머리를 깊이 숙였다.

"죄, 죄송해요! 제가 허점을 드러내서—"

"릴리만의 책임은 아니야."

모니카가 막았다.

그녀는 천장 쪽으로 손바닥을 돌리고 한숨을 쉬었다.

"역시 다들 들떠 있었던 거야. 그레테의 계획에 차질이 생겼고 그걸 그레테도 놓쳤어. 클라우스 씨는 내다본 걸지도 몰라. 너무 촐싹대지 말라고 충고한 대로야. 안 그래?"

"네…… 그 말대로입니다……."

모니카가 재차 시선을 보내서 그레테는 고개를 끄덕일 수밖에 없었다.

상대가 의심할 수도 있다는 것은— 상정해야 할 사태였다.

금액을 너무 욕심냈다. 좀 더 정보를 세세하게 정리했다면 그가 선뜻 사용할 만한 돈을 계산할 수 있었을지도 모른다.

"……."

그레테는 주먹을 움켜쥐었다.

'아무것도 안 보였어요…….'

클라우스는 들뜬 자신들이 방심할 것을 지적했는데.

'보스의 걱정도 전혀 받아들이지 못했어요…….'

—이 따위인데 무슨 마음을 이해하겠다는 걸까.

그 사실이 참을 수 없이 분했다.

"……모니카 씨의 말씀이 맞아요. 전부 제 잘못—"

"그럼 만회해 줄래?"

모니카가 테이블에 놓인 메모를 들어 그레테에게 내밀었다.

"네······?"

"이번에야말로 클라우스 씨의 마음을 똑바로 이해하는 거야."

모니카는 메모에 적힌 한 문장을 가리켰다.

"건투를 빈다— 클라우스 씨는 뭔가를 알아차렸을지도 몰라."

아연해졌다.

확실히 요리에 쓰기에는 거창한 말이었다.

"하지만······ 제가 뭘 해야······?"

"뻔하잖아. 레시피대로 진짜와 똑같은 미트파이를 만드는 거야."

모니카는 그레테의 어깨를 살며시 두드렸다.

"이런 암호문 같은 레시피를 해독할 수 있는 사람은 클라우스 씨를 사랑하는 너뿐이야."

"······!"

자신에게 주어진 난제를 자각했다.

하지만 다른 수단도 없었다.

이제 열두 시간도 안 남았다. 그 전에 시작품을 만들고 가게의 미트파이와 견주어도 손색이 없는 수준의 복제품을 완성시켜야 한다.

난이도가 높은 도전이긴 하지만—.

"저도 돕겠슴다!"

그때 사라가 외쳤다.

"부모님이 레스토랑을 운영하셔서 자주 도왔슴다. 보조할 수 있습다.”

사라를 시작으로 다른 소녀들도 움직이기 시작했다.

지비아가 「후딱 재료 사 올게」라며 달려 나갔다. 아네트가 「나님, 포송송하게 구울 수 있도록 오븐을 개조할게요!」라며 공구함을 꺼냈고, 릴리가 「맛보는 거라면 맡겨 주세요」라며 가슴을 쭉 폈다. 에르나가 「볼을 희생할 각오는 됐어」라며 불행을 탄식했고, 티아가 「어째선지 레시피에 적혀 있었지……」라며 위로했다.

동료의 아낌없는 도움에 그레테는 가슴이 뜨거워졌다.

“감사합니다……!”

“뭐, 그 미트파이는 나도 좋아하니까.”

모니카가 쿨하게 말했다.

「타도 만하임!」 하고 릴리가 말하자 다른 소녀들이 재차 「오오~!」 하고 외쳤다.

그녀들은 갈고닦은 팀워크를 발휘했다.

이 정도 난제는 얼마 전에 달성한 불가능 임무와 비교하면 간단했다.

◇◇◇

이튿날, 소녀들이 불법 점거한 공동 주택에 다비드가 찾아왔다. 급하게 준비한 가스식 오븐을 보고 다비드는 자랑스레 아타셰케이스를 보여 줬다. 안에는 25만 덴트어치 지폐가 들어 있었다.

그것을 확인하고 릴리는 미트파이를 만들기 시작했다. 집에는 릴리 혼자 있었지만 옆집에서 다른 소녀들도 대화를 도청하며 지켜보았다.

소녀들은 레시피 해독에 도전했으나 그 성과를 굳이 다비드에게 가르쳐 줄 이유는 없었다. 릴리는 대충 미트파이를 만들어서 오븐에 넣으며 신호를 보냈다. 사라가 준비한 쥐가 뛰쳐나가 다비드가 흠칫한 틈에 아네트가 오븐에 설치한 기능을 작동시켰다. 그러자 다비드 앞에서 만든 가짜 미트파이와 소녀들의 특제 미트파이가 교체되었다.

20분간 정성껏 굽고 릴리는 「드셔 보세요」라며 당당하게 내밀었다. 파이를 먹어 본 다비드는 「음」 하고 곧장 반응을 보였다.

"틀림없이 가게의 맛이야! 이 레시피는 확실하게 진짜군!"

릴리가 주먹을 쥐었고 옆집의 소녀들도 하이파이브를 했다.

클라우스의 레시피를 해독하여 상대를 속이는 데 성공했다.

─참고로.

─사족이지만, 이후 일어난 사소한 소동을 묘사하자면.

다비드가 미트파이를 다 먹고 역시 맛있다며 인정했을 때였다.

릴리가 활짝 웃으면서 「그럼 이 돈은 잘 받을게요」 하고 아타셰케이스로 손을 뻗으니.

"─아니. 너는 그 돈을 받을 수 없어."

다비드가 품에서 권총을 꺼내 릴리의 이마에 겨눴다.

"엥?"

"당연히 거짓말이지. 레시피를 알았으니 볼일은 끝났어. 가방을 놔. 쓸데없는 저항은 하지 말고. 내 뒤에는 암흑가의 조직이 있어."

흔해 빠지기는 했지만 강렬한 협박 문구였다.

이마에 총이 겨눠지자 릴리는 「……아쉽네요」 하고 한숨을 쉬었다.

다비드는 히죽 웃었다.

"그래, 역시 잘 이해―"

"말해 두는데 사실은 하고 싶지 않았어요. 일반인 상대로 폭력이라니. 그리고 이런 전개가 될 거면 일부러 미트파이를 만들 필요도 없었다고 할까……."

"음? 덤비려는 건가?"

다비드는 위협하면서 총의 방아쇠에 손가락을 걸었다.

"그만둬. 나는 손가락만 까딱해도 너를 죽일 수 있어."

"안타깝지만."

릴리는 고했다.

"당신은 이제 손가락 하나 까딱할 수 없어요."

"뭐―?"

직후, 다비드는 털썩 무릎 꿇었다.

상황을 이해할 수 없다는 듯 그는 눈을 크게 떴지만 이제 입술도 움직이지 못하는 것 같았다. 카펫에 엎어져 전신을 경련시켰다.

"코드 네임 『화원』― 미쳐 만발할 시간이에요."

다비드가 눈치챌 수 있을 리 없었다. 어느새 집에 가득 찬 독가스를.

릴리는 아타셰케이스를 들고 집을 떠났다.

공동 주택의 복도에서 그레테가 미소 지으며 대기하고 있었다.

"……예상대로입니다."

독가스를 준비하자는 것은 그레테의 제안이었다. 그녀는 더 이상 방심하지 않았다.

"속고 속이는 싸움은 질 수 없죠♪."

그렇게 릴리가 웃었고 두 사람은 손을 마주쳤다.

열흘 후—.

클라우스는 휴가를 끝내고 — 실제로는 그동안에도 임무를 수행했지만 — 아지랑이 팰리스에 귀환하여 바쁜 나날로 돌아왔다. 소녀들을 훈련시키고 혼자 힘으로 임무를 수행했다.

귀가하는 시간은 대체로 심야였으나 가끔 저녁에 돌아오는 날이 있었다.

저녁밥을 어떻게 할지 방에서 생각하고 있으니 그리운 냄새가 났다.

누군가가 방문을 노크했다.

이윽고 그레테가 얼굴을 내밀었다. 그녀는 서빙 카트를 밀며 방에 들어왔다.

"……수고하셨습니다."

그레테가 미소 지었다.

"저녁밥을 가져왔습니다."

접시를 확인하니 낯익은 미트파이가 있었다.

맡아 본 적 있는 냄새라고 생각했는데 이거였나. 클라우스는 납득했다. 『화염』의 멤버와 자주 먹었던 추억의 맛을 그녀가 포장해 온 듯했다.

"……."

클라우스는 미트파이를 자르는 그레테를 바라보았다.

그녀는 어딘가 자랑스러워하는 것처럼 보였다.

"최근 묘한 소문을 들었어."

클라우스가 말했다.

"이곳의 미트파이에 관해."

"어떤 소문을……?"

"만하임의 사장이 이 가게의 레시피를 손에 넣으려다가 사기를 당했다나 봐. 손녀라는 인물에게 25만 덴트나 뺏겼다고 해. 경찰에 달려가서 미트파이 가게의 주인이 사기꾼이라고 주장했지만 애초에 주인에게 손녀는 없어서 입증하지 못했어. 그 사기꾼이 살았다는 집도 원래 아무도 안 살 터인 빈집이었다고 해."

"뛰어난 사기꾼이 다 있네요……."

"그 후 어째선지 미트파이 가게에 익명으로 거액의 기부금이 들어왔다나 봐. 그 금액으로 그는 제자를 들이고 가게 개장 공사도 시작했어. 이로써 가게는 한동안 안녕하겠지."

"멋지네요."

"일단 묻겠는데, 짚이는 건?"

"……전혀 없네요."

그레테는 정숙한 태도로 미소 지을 뿐이었다. 눈동자에서 장난꾸러기 같은 빛이 보였다.

추궁하는 건 눈치 없는 짓이리라.

이상한 걸 물어봐서 미안하다며 얼버무렸다.

"다만 그레테. 미안한데 나는 배가 안 고파. 이렇게 큰 미트파이는 못 먹어."

"……! 그런가요?"

아쉬워하며 그레테의 표정이 어두워졌다.

그런 그녀에게 클라우스는 고했다.

"그래서 말인데 둘이서 반씩 나눠 먹는 건 어때?"

"—아."

"식기를 가져와. 나에게 이 파이는 누군가와 함께 먹는 요리거든."

그레테는 꽃이 피어나듯 활짝 웃으며 「네!」 하고 고개를 끄덕였다.

"……그렇다면 식기 전에 이대로 나이프와 포크를 하나씩 들고서 서로 밀착하여 먹여 주는 건—."

"사양하지."

"……음."

그녀는 조금 불만스럽다는 표정을 지었지만 곧장 식기를 가지러

갔다.

마침 그때, 소녀들도 식당에서 미트파이를 먹고 있었다.

서로 쟁탈전을 벌이면서 입가에 다 묻히고 먹었다. 역시 자신들이 재현한 것보다 가게의 미트파이가 훨씬 맛있었다. 이것만큼은 본업인 사람을 당해 낼 수 없었다.

티아는 냅킨으로 입가를 닦고 신문에 적힌 뉴스를 읽었다.

"결국 다비드 씨는 만하임에서 쫓겨났다고 해. 회장직에 있던 전 사장이 다시 사장 자리에 앉게 됐대."

"회삿돈을 멋대로 쓰다가 사기꾼에게 털렸으니 역시 그렇게 되겠지."

모니카가 코멘트했다.

그녀는 미트파이를 손으로 들고 먹고서 손가락에 묻은 기름을 핥았다.

"만하임의 사원에게도 해피엔딩일 거야. 멍청한 2대를 쫓아낼 절호의 구실이 생겨서. 25만 덴트를 손해 봤어도 훨씬 이득이야."

"맞아, 멋진 성과야."

티아가 고개를 끄덕였고 다른 동료들도 동의했다.

멋진 결말을 받아들이는 온화한 분위기가 흘렀지만— 한 사람, 릴리만큼은 파들파들 떨고 있었다.

"저는 납득할 수 없어요!"

벌컥 성내며 릴리가 외쳤다.

"……갑자기 왜 그래?"

티아가 눈썹을 찌푸렸다.

"더할 나위 없이 멋진 결말이잖아. 뭐가 불만이야?"

"보고요!"

"보고?"

"이번 일을 선생님한테도 보고해요! 우리의 성과를요!"

"아니, 우리의 행위는 그저 범죄야."

모니카가 딱 잘라 말했다.

"클라우스 씨에게 그저 자랑하고 싶은 거라면 그만둬. 혼나기만 할걸."

"하지만 그레테가 가여워요. 모처럼 선생님을 위해 노력했는데……."

릴리가 슬퍼하며 입술을 삐죽였다.

다른 소녀들도 「아」 하고 깨달았다.

소녀들의 활약이 클라우스에게 전해지지 않는다면 그레테의 호의도 전해지지 않는다. 클라우스를 위해 그렇게나 힘을 냈는데.

"그거야말로 괜찮겠지."

모니카가 말했다.

"어차피 클라우스 씨라면 눈치채고 있을 거야."

그때, 기막힌 타이밍에 그레테가 식당에 내려왔다. 서둘러 식당을 통과해 주방으로 가서 나이프와 포크를 챙기고 다시 2층으로 돌아갔다.

상황은 명백했다.

분명 그녀는 클라우스와 단둘이서 식사할 것이다.

「거봐」 하고 모니카가 기세등등하게 말했다.

"이게 클라우스 씨 나름의 성의 아닐까?"

티아가 「그러네」 하고 미소 지었다.

"분명 선생님이 나는 배부르니까 둘이서 먹자는 식으로 말했을 거야."

그가 할 법한 말이었다.

지비아가 「거짓말이네」 하고 즉답했다.

릴리가 「거짓말이네요」 하고 이어서 말했고, 사라가 「거짓말임다」 하며 미소 지었고, 아네트가 「거짓말인 것 같아요!」 하고 웃었고, 에르나가 「거짓말이야」 하고 고개를 끄덕였다.

주방에는 그가 저녁용으로 사 둔 대량의 식자재가 쌓여 있었다. 임무를 끝내고 상당히 배가 고팠을 것이 틀림없다.

소녀들은 마주 보았고 전원이 동시에 웃음을 터뜨렸다.

그것은 클라우스가 그레테를 위해 한 너무나도 엉성한 거짓말이 었다.

막간 인터벌②

모니카가 두 가지 이야기를 끝냈다. 생물 병기 탈환 임무 때 모니카의 단독 행동, 그리고 임무 후 휴가 중에 일어났던, 없어질 뻔한 미트파이 가게를 둘러싼 소녀들의 사기 소동.

"뭐랄까……."

티아가 멍한 표정으로 말했다.

그 말은 소녀들의 마음을 딱 정리하는 발언이었다.

"……그레테의 히로인력(力)이 엄청나네."

「히로인력은 또 뭐야」 하고 모니카가 딴죽을 걸었다.

"모니카가 1이라면 그레테는 2억이야."

"오히려 내가 너무 낮잖아."

비교당한 모니카가 차갑게 흘겨보았다. 물론 그다지 신경 쓰는 것 같지는 않았지만.

그때 그레테가 고민스러운 얼굴로 말했다.

"하지만 어쩌죠……? 이야기를 나눴는데도 전혀 모르겠어요……."

그랬다. 네 가지 에피소드를 이야기했지만 수상한 인물은 전혀 보이지 않았다. 클라우스의 《신부》라고 할 수 있을 만큼 친밀한 인물은 없었고, 특별한 임무를 수행했던 인물도 없었다. 후보조차 없는 상황이었다.

의논은 완전히 난항에 빠져 있었다.

그러자 어찌 되든 좋다는 듯한 목소리가 나왔다.

"근데 실제로 누가 《신부》여도 상관없지 않아?"

지비아였다. 그 목소리에는 어이없다는 감정이 담겨 있었다.

"그저 서류상의 얘기잖아? 억지로 알아낼 것 없이 앞으로는 교대로 《신부》 역할을 맡으면 다들 납득할 것 같은데……."

나쁘지 않은 타협안이었다. 이 자리에 있는 대다수가 동의하는 표정을 지었다.

하지만 도중에 릴리의 「그거예요!」라는 목소리에 차단당했다.

"엉?"

"맞아요. 생각하는 방식이 틀렸어요. 파헤치려고 하니까 수렁에 빠지는 거예요."

릴리는 일어나서 손가락을 튕겼다.

"지금부터 새로 정해 버리면 돼요! 새로운 《신부》를!"

5장 신부 로얄

《신부》로얄 개최―.

클라우스가 기혼자라고 판명된 밤에 그런 이야기가 나오게 되었다.

그의 《신부》에게는 많은 이점이 있다. 임무에 동반 참가할 권리, 거기서 먹을 수 있는 호화로운 디너. 그에게 연심을 품은 자는 그 칭호 자체가 명예이리라.

처음에 소녀들은 《신부》가 누구인지 찾기 위해 의논했지만, 과거를 돌아봐도 해당자를 찾을 수 없어서 최종적으로 「그렇다면 새로 《신부》를 정하면 되지 않나?」라는 결론에 이르렀다. 전에 없이 발상이 조잡했다.

그 취지를 클라우스에게 전하자 그는 깊은 한숨을 쉬었다.

"서류상이라고는 하지만 내 아내를 멋대로 정하려는 건가······? 내 의사는?"

맹점이었다며 소녀들이 경악했다.

클라우스는 못 말린다는 듯 고개를 흔들더니 이내 훈련이 된다면 좋다고 승낙했다.

규칙은 그가 결정했다.

배틀이 개시되는 것은 익일 13시. 참가자는 개시 15분 전까지 홀에 집합하여 참전 의지를 표명할 것. 참가자가 확정된 후 해산. 자신 이외의 참가자를 전원 「항복」시키고 최후의 한 사람이 되면 우승. 총이나 수류탄 등 과도하게 상대를 다치게 하는 무기는 금지.

말하자면 평소 하는 훈련의 배틀 로얄판이었다.

제일 먼저 참가를 표명한 사람은 다섯 명.

『화원』 릴리. 「선생님, 결혼기념일에는 고급 디너를 요구합니다!」

『애랑』 그레테. 「보스…… 설령 형식상이더라도 《신부》 자리는 제가…….」

『우인』 에르나. 「에르나는 선생님과 함께 있고 싶어……. 양보할 수 없을 것 같아!」

『몽어』 티아. 「나를 갖고 싶지? 임무에 참가시켜 준다면 줄게.」

『망아』 아네트. 「나님, 멋진 야망을 숨기고 있어요!」

그 외 『백귀』 지비아, 『빙인』 모니카, 『초원』 사라는 일단 참가를 보류했다.

이리하여 클라우스의 《신부》를 둘러싼 배틀이 시작된다.

과연 우승은 누구의 손에—?

배틀 전야, 지비아는 침대 위에서 상황을 되짚고 있었다.

'아니! 뭐야, 이거!!'

기세에 밀려 조용히 지켜보았으나 문득 정신이 들었다.

'스파이랑은 아무 상관도 없잖아! 《신부》 로얄이라니 그게 뭐야!

아무런 위화감도 없이 받아들였지만, 그레테가 무단으로 혼인 신고서를 제출한 시점에 이미 미쳤어!'

타당한 지적이었다. 하지만 이제 와서 막을 수도 없었다.

물론 참가하지 않을 예정인 지비아와는 무관계한 이야기지만.

'뭐, 딱히 누가 그 녀석의 《신부》가 되든 상관없나……'

그렇게 생각하고 이대로 자 버리자며 눈을 감았다.

하지만 잠들기 직전에 노크 소리가 방해했다.

누구냐고 묻자 상대는 「나야」 하고 당당히 대답했다.

티아였다. 네글리제 차림의 티아가 문을 열고 있었다. 살이 비쳐 보이는 선정적인 복장의 여자는 동성이어도 방에 들이고 싶지 않았다. 돌아가라고 일단 말했다.

"작전 회의야."

티아는 성큼성큼 방에 들어왔다.

"지비아. 너는 정말로 내일 배틀에 참가 안 할 거야?"

"안 해. 그렇게 말했잖아?"

"그래. 그럼 내 용건은 하나네."

티아는 지비아의 침대에 앉았다.

"─참가해. 나를 위해서."

"뭐, 그런 녀석이 한두 명은 올 거라고 생각했어."

지비아는 한숨을 쉬었다.

"모니카가 참가하지 않는 지금, 우승 후보는 릴리야. 그레테는 직접 싸우는 데 강하지 않아. 폭탄을 못 쓰면 아네트의 강함은 반감

되고. 에르나는, 내가 심리적으로 흔들면 이길 수 있어."

"그런가? 릴리는 얼간이고, 아네트가 더 위험하지 않아?"

"그것도 일리 있지. 하지만 아네트를 막을 수단도 릴리와 같아."

티아는 미소 짓고서 지비아의 허벅지에 손을 올렸다.

"훔쳐 버리면 돼. ―모든 무기를."

"……."

"내게는 릴리의 독가스와 아네트의 발명품에 이길 수단이 없어. 하지만 너의 격투 능력과 절도 스킬이 있으면 얘기는 달라. 현시점에서 최강은 너야."

지비아는 친근하게 만지는 티아의 손을 쳐 냈다.

이게 티아의 싸움이었다. ―교섭.

싸우기 전에 강자를 자기편으로 만드는 스타일이었다.

지비아는 「말해 두는데, 나는 지금 오른팔을 못 써」 하고 전했다. 생물 병기 탈환 임무 때 다쳤다. 하지만 티아는 너라면 한쪽 팔로 충분하다며 의견을 굽히지 않았다.

지비아는 뒤통수를 긁적였다.

"솔직히 말해서…… 너는 그레테를 응원할 줄 알았어. 줄곧 연애 조언을 했잖아."

"그렇지. 그걸 꼬집으면 괴로워."

티아는 멋쩍은 듯 눈썹을 내렸다.

"하지만 나도 양보할 수 없는 꿈이 있어. 『화염』의 뜻을 이어 스파이로서 나라를 지키고 싶어. 그러면서 그레테의 사랑을 응원할 거야. —그게 내 대답이야."

티아의 목소리에는 망설임이 없었다.

의연했다. 자신의 행동을 전혀 부끄러워하지 않는 담대함이 있었다.

"지비아, 내가 너에게 제시하는 건 돈이야. 얼마든지 액수를 불러."

"……."

나쁘지 않은 조건이었다.

금전은 지비아가 원하는 것 중 하나였다. 그녀는 스파이의 성공 보수를 전액 예전에 지냈던 고아원에 기부했다. 어릴 적에 동생들과 굶은 기억을 잊은 적은 없었다.

그 내심을 티아가 꿰뚫어 본 모양이다. 강하게 거절할 이유가 없다는 것도.

"알겠어."

지비아는 고개를 끄덕였다.

"너랑 팀이 되어 줄게."

"응, 잘 부탁해. 후회시키지 않을 거야."

지비아는 티아가 내민 손을 잡았다.

『백귀』 지비아 & 『몽어』 티아— 팀 결성.

하지만 극비리에 편을 먹은 것은 한 팀만이 아니었다.

사라는 욕조에 몸을 담그고 멍하니 천장을 바라보고 있었다.

아지랑이 팰리스의 지하에는 근대적인 가스식 대욕탕이 갖춰져 있었다. 소녀들 전원이 들어갈 수 있을 만큼 크지만, 그레테와 모니카는 다른 소녀들과 같이 목욕하는 것을 좋아하지 않아서 대체로 따로 이용했다.

현재 대욕탕에는 아무도 없었다. 사라가 혼자서 장시간 입욕 중이었다.

그녀도 배틀에 참가하지 않겠다고 표명한 사람 중 한 명이었다.

참가하지 않는 이유는 단순히 《신부》가 될 동기를 찾을 수 없기 때문이었다.

'……저보다 적합한 사람이 수두룩하니까요.'

어른스러운 여성이라면 티아고, 스파이의 파트너라면 모니카다. 심정적으로는 그레테가 뽑혔으면 좋겠다.

어쨌든 자신은 클라우스의 《신부》로 어울리지 않았다.

참가를 표명하는 것도 주제넘은 짓이었다. 좀 더 적극적으로 굴라고 클라우스가 말했었지만, 그건 분위기 파악도 못 하고 자기주장을 하라는 의미는 아닐 터다.

'그런데 어째선지 마음이 후련하지 않단 말이죠……'

한숨을 쉬었을 때, 욕조의 수면이 물결치기 시작했다.

어? 하고 생각한 순간, 사라 옆에서 뭔가가 첨벙 부상했다.

"나님! 넉넉하게 몸 담갔어요!"

"어어?! 아네트 선배?!"

아네트였다. 줄곧 욕조에 잠수해 있었던 모양이다. 전혀 눈치채지 못했다.

아니나 다를까 현기증이 나는지 아네트는 비틀거렸다. 머리도 일절 묶지 않아서 무거워 보이는 모발이 머리에 붙어 있었다.

아네트는 거기서 처음으로 사라를 인식한 것처럼 「아」 하고 말했다.

"사라 누님, 마침 잘됐어요! 나님, 볼일이 있었어요!"

"일단 물을 마시는 편이 좋습니다. 가져오겠습니다."

"누님, 나님이랑 편먹지 않을래요?"

갑작스러운 제안에 사라는 눈을 끔뻑였다.

"어어, 《신부》 로얄에 참가하라는 겁까?"

"맞아요! 나님과 같이 다른 누님들을 쳐부숴요!"

말은 살벌하지만 사라의 힘이 필요한 듯했다.

특별히 거절할 이유도 없으나 한 가지 의문이 들었다.

"애초에 아네트 선배는 왜 《신부》가 되고 싶은 겁까?"

"음?"

"다른 선배의 이유는 상상이 가지만, 아네트 선배만큼은 알 수 없어서……."

사라가 아네트와 친하기는 하지만 그녀의 속마음을 전부 이해한다고 말하기는 어려웠다.

순진한 눈동자 속에 대체 무엇을 숨기고 있는 걸까.

"나님의 목적은—."

아네트는 방긋 웃었다.

"비밀이에요!"

"귀, 귀여워⋯⋯가 아니라, 안 속는다! 가르쳐 주세요."

"거절하겠어요! 하지만 어쨌든 나님은 누님이 참가하면 좋겠어요!"

아네트는 일방적으로 전하고 그 자리에서 빙글빙글 돌기 시작했다. 뭐 하는 건가 싶었는데 머리를 말리는 모양이었다. 「이게 제일 빨리 말라요!」라고 했다.

납득할 수 없는 심정이었으나 사라는 「어쩔 수 없네요」 하고 고개를 끄덕였다.

사라는 아네트에게 무른 편이었다.

『망아』 아네트 & 『초원』 사라— 팀 결성.

여러 음모가 소용돌이치며 전날 밤은 깊어 갔다.

배틀 개최 날. 12시 반이 되었을 무렵, 소녀들이 홀에 모였다. 다가올 결전에 대비해 저마다 스트레칭하며 사기를 높였다. 평상시 훈련과는 다른 긴장감이 가득했다.

지비아와 사라의 갑작스러운 참가 표명은 의혹 어린 시선과 함께 받아들여졌다. 누군가와 편을 먹었을 거라며 살피는 시간이 한동안 흘렀다. 지비아와 사라는 들키지 않도록 태연한 얼굴로 무마했다.

"하지만 에르나는 안심했어."

소파에 앉은 에르나가 집합 시간 직전에 말했다.

"모니카 언니가 참가하지 않아서 다행이야. 누군가가 매수했다면 강적이었어."

홀에 모니카의 모습은 없었다. 역시 클라우스의 《신부》에 관심이 없는 듯했다.

모인 것은 그녀를 제외한 일곱 명뿐.

「아니, 그 아이는 매수할 방법이 없잖아」라며 티아가 대답했다.

릴리와 그레테도 고개를 끄덕여 동의했다.

소녀들이 인식하기에 역시 모니카는 격이 다른 존재였다. 낙오자 집단 『등불』에서 확연하게 실력이 차이 나는 최강 소녀. 참가하지 않는 것은 실로 고마웠다.

그때, 홀의 괘종시계가 12시 45분을 가리켰다.

릴리가 고개를 끄덕였다.

"집합 시간이 됐네요. 그럼 이로써 참가자는 확정—"

벌컥 문이 열리는 소리가 말을 차단했다.

홀에 있는 전원이 눈을 돌리자 그곳에서 청은색 머리카락이 흔들리고 있었다.

그 머리카락의 주인인 소녀의 입가에는 불손한 웃음이 떠올라 있었다.

"안녕, 송사리들— 우승 후보인 내가 왔어."

그렇게 밝히며 들어온 사람은 모니카였다.

"""""뭐어어어어어어어어어어어어어어어어?!"""""

대다수 소녀가 전율했다.

그 술렁임을 즐기듯 모니카는 손을 흔들었다.

"뭔가 재미있어 보이고, 역시 참가할까 싶어서. 핸디캡을 적용할 테니까 걱정하지 마. 나는 맨손으로 충분해. 도구 따위 안 쓰고 우승해 주겠어."

예상치 못한 참가자의 등장에 멤버 전원이 동요했다.

'설마 모니카가 올 줄이야. 틀림없는 우승 후보……!' 하고 릴리가 경악했다.

'무리, 무리임다. 절대로 못 이겨요.' 하고 사라가 울상이 되었다.

'위기야. 하지만 에르나는 질 수 없어.' 하고 에르나가 의지를 다졌다.

'괜찮아. 지비아와 연계해서 격투 대결로 몰고 가면—' 하고 티아가 분석했다.

'다친 상태로 모니카를 상대하는 건 어렵겠는데' 하고 지비아가 초조해했다.

"나님, 누님의 옷을 젖히면 어떻게 될지 궁금해요!" 하고 아네트가 뜬금없이 말했다.

설마설마했던 난입자에 당황하는 참가자들.

그녀들의 계획은 모니카가 참가하지 않는 게 전제였다. 그 전제가 무너져서 한 치 앞도 안 보이는 싸움이 되었다.

"그리고 지난번 불가능 임무 때 엄청나게 발목을 잡혀서 스트레스가 쌓였단 말이지. 각오해. 특히 릴리랑 지비아."

모니카는 가학적으로 웃었다.

팽팽한 긴장감이 공간을 채워 나갔다.

"……여러분, 제안이 있습니다."

그런 가운데, 그레테가 작게 손을 들었다.

무슨 말을 하려나 시선이 모였을 때, 그녀는 말했다.

"개시 직후에 일단 다 같이 모니카 씨를 집중적으로 공격하죠."

"""""""……………."""""""

정말로 가차 없었다.

【개시 1분—『빙인』모니카, 탈락.】

아지랑이 팰리스의 홀에서 온몸을 묶인 모니카가 「그레테에에에에! 용서하지 않을 거야아아아!」 하고 외치고 있었지만 누구도 귀담아듣지 않았다. 아무리 모니카가 강해도 7 대 1 다구리에는 별수 없었다. 심지어 맨손으로는 어쩔 도리도 없었다.

소녀들은 만족스럽게 고개를 끄덕이고서 아지랑이 팰리스 내로 흩어져 다시 싸움을 준비하기로 했다.

이리하여 싸움이 시작되었다.

개시 직후, 사라는 1층 구석의 복도로 이동하여 아네트와 합류했다.

사라는 현재 무기다운 무기를 가지고 있지 않았다. 모자 안에 강아지 조니를 숨기고 매 버나드를 어깨에 얹었을 뿐이었다. 아네트가 그러라고 했기 때문이다.

한편 아네트는 완전 무장인 듯했다. 치마가 굉장히 부풀어 있었다.

"으음, 아네트 선배?"

사라는 물었다.

"이제부터 저는 뭘 하면 됨까?"

결국 아네트에게 작전다운 작전을 전달받지 못한 상태였다.

애초에 자신을 왜 참가시켰는지도 의문이었다. 이 격전을 제압하기 위해 사라에게 대체 뭘 시키려는 걸까.

"사라 누님!"

아네트는 기뻐하며 폴짝 뛰었다.

"누님은 일단 나님의 방에 들어가세요!"

그녀는 눈앞의 문을 열었다. 그곳은 아네트의 침실이었다. 많은 잡동사니가 산을 이루었고 중유 냄새가 방에 진동했다.

그다지 편히 쉴 수 있는 공간은 아니었지만 사라는 「넵」 하고 이동했다.

아네트는 사라의 정면에서 가슴을 쭉 폈다.

"나님, 누님이 거기 있는 해먹에 앉았으면 좋겠어요!"

"알겠슴다."

사라는 중앙에 달린 해먹으로 보이는 천에 앉았다.

"나님, 따뜻한 우유랑 초콜릿을 줄게요."

"아, 네."

"나님, 초콜릿 사면 같이 주는 걸 모으고 있어서 그쪽은 넘길 수 없어요!"

"후후, 멋진 게 뽑히면 좋겠네요."

"이상입니다!"

"예?"

이제 볼일 없다는 듯 아네트는 방에서 나가 버렸다.

방에는 사라만이 남겨졌다. 쫓아가려고 해도 양손에 먹을 걸 들고 있는지라 해먹에서 잘 내려갈 수 없었다.

문 너머에서 아네트의 목소리가 들렸다.

"사라 누님은 여기 숨어 있어 주세요! 걸리적거려요!"

"네에에에에에에—?!"

크게 외치고 말았다.

편히 쉬고 있으라는 뜻인 것 같았다. 결국 사라를 참가시킨 이유는 알 수 없었다.

혼란에 빠져 있는데 방 밖에서 다른 인물의 목소리가 들렸다.

숨어 있으라고 했으니 큰 소리를 낼 수는 없었다. 사라는 입을 다문 채 귀를 기울여 바깥의 동태를 살폈다.

"좋은 기회야……. 오랫동안 쌓인 원한을 풀 날이 마침내 왔어……!"

그 목소리에는 한없는 기백이 담겨 있었다.

"나님."

그리고 아네트의 천연덕스러운 목소리도 들려왔다.

"짚이는 게 없어요!"

"용서 못 해…… 아네트! 에르나와 직접 결판을 내는 거야!"

문 앞에서 에르나와 아네트의 싸움이 시작되려고 했다.

아지랑이 팰리스 옥상—.

합류한 지비아와 티아는 지붕 위에 서서 귀를 기울이고 있었다. 이미 배틀이 시작된 것 같았다. 요란한 소리가 들렸다.

"그럼 예정대로 그 녀석부터 노릴까."

지비아가 웃었다.

그러자며 티아가 고개를 끄덕였다.

"하지만 그 아이를 실내에서 쓰러뜨리는 건 어려워. 그래서 그 아이도 웬만하면 밖에 안 나오려고 할 거야. 타이밍을 봐서 순식간에 쓰러뜨리는 게 베스트지. 즉—."

티아는 발뒤꿈치로 지붕을 찍었다.

"—지금이야."

그 신호와 동시에 지비아는 지붕에서 몸을 날렸다.

공중에 떠오른 순간 2층 창문을 발로 열고 그대로 실내에 진입했다. 그리고 태평하게 복도를 걷고 있던 소녀를 바로 덮쳤다.

"엥?"

릴리였다.

그녀는 지비아의 습격에 반응하여 후퇴했지만 지비아의 속도가 더 빨랐다. 뛰어난 신체 능력으로 벽을 달려서 순식간에 릴리에게 육박해 들이받았다.

릴리는 몸을 틀어 지비아에게서 벗어나려고 했지만 도주로는 이미 막혀 있었다.

"훌륭해, 지비아."

우아하게 2층에 들어온 티아가 미소 지었다.

릴리를 사이에 두고서 티아와 지비아가 막아섰다.

"크, 크윽……."

릴리는 입술을 깨물고 초조해했다.

"치, 치사해요! 2 대 1이라니, 양심은 없는 건가요!"

"설마 너한테 치사하다는 말을 듣는 날이 올 줄은 몰랐어."

지비아가 한숨을 쉬었다.

"자, 항복이라고 말할 준비는 됐니? 고문 시간이야."

티아가 여유롭게 페인트붓을 들었다.

릴리는 창문에 등을 대고 자신의 풍만한 가슴에 손을 얹었다.

"하, 하지만, 아직 저에게는 비책이―."

"말해 두는데, 너의 독가스라면."

지비아는 손에 든 것을 보여 줬다.

"—이미 훔쳤어."

"흐에?"

지비아의 손에는 가스를 분사하는 기구가 들려 있었다. 릴리가 즐겨 쓰는, 본인에게만 듣지 않는 독가스. 실내에서 이런 걸 분사하면 릴리는 무적에 가깝다.

"릴리, 미안하지만 네가 졌어."

티아는 미소 지었다. 전부 그녀의 계획대로 됐다.

"너의 독가스는 반칙 수준으로 강하지만. 뺏어 버리면 공략할 수 있어."

"크, 크윽! 일생의 불찰이에요."

"후후, 간지럽혀 줄게."

티아는 붓을 작게 흔들었다.

"내 고문을 받으면 분명 중독될 거야. 달아오른 몸이 밤까지 근질근질해서 한 번 더 해 달라며 내 방에 와서 조를 만큼—."

"붓 하나로 얼마나 괴롭히려는 건가요오오?!"

릴리는 비명을 지르기는 했지만 저항하려고 하지는 않았다. 이미 패배를 인정한 듯했다.

그녀치고는 깔끔한 인정— 아니, 너무 깔끔하게 인정하는데?

지비아는 위화감을 느꼈다. 뭔가가 이상했다. 어디가 이상하지? 그래, 가슴이다. 자세히 보니 릴리의 큰 가슴은 어딘가 작위적이었다.

즉각 뒤로 뛰었다.

"티아— 함정이야!"

파트너의 반응은 둔했다. 상황을 이해하지 못하고서 「어?」 하고 멍하니 있었다.

다음 순간, 두 목소리가 복도에 울렸다.

"코드 네임 『애랑』— 웃어 탄식할 시간을 가지죠."

"코드 네임 『화원』— 미쳐 만발할 시간이에요."

먼저 첫 번째 상황 변화. 릴리—라고 두 사람이 생각했던 존재의 얼굴을 덮고 있던 마스크가 벗겨지며 안에서 그레테의 얼굴이 나타났다. 이어서 두 번째 변화. 복도에서 진짜 릴리가 튀어나왔다. 그녀는 티아와 지비아를 향해 독가스를 분사했다.

지비아는 독가스를 피했지만 동료를 도와주지는 못했다.

이윽고 티아의 몸이 기우뚱했다. 쓰러지기 직전에 릴리가 상냥하게 받아 줬다.

지비아는 혀를 찼다.

'편을 먹은 건 우리만이 아닌가!'

하지만 의외의 조합이었다.

『애랑』 그레테와 『화원』 릴리— 이 두 사람이 팀을 짜다니!

머지않아 복도에 독가스가 가득 찬다.

그레테는 사전에 해독제를 먹었는지 태연했다.

"티아!"

지비아가 백스텝을 밟으며 외쳤다.

"절대로 『항복』이라고 말하지 마! 무슨 짓을 당하든 버텨! 내가 반드시 구해 줄게!"

지금은 일단 동료를 버리고 물러날 수밖에 없었다.

설령 붙잡히더라도 규칙상 「항복」이라고 선언하지 않으면 탈락이 아니었다. 스파이로서 고문에 대항하는 정신력만 있으면 지비아가 해독제를 입수하여 구할 수 있다.

5분 버틴다면 승기는 있지만—.

"간질간질."

릴리가 붓으로 티아의 목덜미를 쓸었다.

"항복이야아아아아!"

티아가 눈물을 글썽거리며 외쳤다.

"빨라!!"

0.5초 만에 굴복했다.

"……놓치지 않아요."

탈락한 티아를 방치하고 그레테가 쫓아왔다.

격투로는 지비아가 유리하지만 이 상황에서는 도주를 택할 수밖에 없었다.

【개시 13분—『몽어』 티아, 탈락.】

◇◇◇

사라는 어떻게든 해먹에서 내려와 문틈으로 바깥을 살폈다.

복도에서 아네트와 에르나의 격전이 시작된 상태였다.

먼저 아네트가 빙글 돌았다.

"코드 네임 『망아』— 짜 올리는 시간을 가지죠!"

둥실 떠오른 치마에서 모형 비행기 다섯 기가 떨어졌다. 지면에 추락하기 직전에 갑자기 모형 비행기의 프로펠러가 폭주하듯 회전하기 시작하더니 에르나를 향해 일직선으로 날아갔다.

에르나는— 간발의 차이로 피했다.

눈으로 파악한 것은 아니리라. 초인적인 감각이 다가오는 불행을 인식한 것이다.

춤추듯 경쾌한 스텝을 밟으며 모형 비행기의 틈새로 들어갔다.

"각오해애애애! 아네트으으으!"

적에게 육박하며 에르나가 꺼낸 것은 목제 단검이었다.

아네트는 치마 속에서 막대형 기계를 꺼냈다. 「마법 스틱이에요!」라며 그녀가 휘두른 그것은 거대한 전기 충격기였다. 에르나의 공격을 막았다.

하지만 에르나의 기세에 밀려서 한 걸음 뒤로 물러났다.

그리고 그게 에르나가 의도한 바였던 모양이다.

그녀의 입술이 작게 움직였다.

"코드 네임 『우인』— 애써 죽일 시간이야."

불길한 소리가 울렸다.

아네트의 방 앞에는 2층으로 가는 계단이 있었다. 정면 현관에 있는 계단과 달리 좁고 가파른 계단이었는데, 위쪽에서 실이 뚝 끊어지는 듯한 소리가 났다.

갑자기 계단 위쪽에 무수한 쇠공이 생겨났다.

에르나가 설치한 함정이었다. 주먹만 한 쇠공이 대량으로 쏟아졌다. 마치 산사태 같은 무시무시한 공격이었다.

그것을 간발의 차이로 피할 수 있는 것은 불행을 느낄 수 있는 에르나뿐이었다.

아네트는 우산 같은 기계를 꺼내 자신을 보호했다. 그 입술은 굳게 다물려 있었다. 아슬아슬하게 막은 것 같지만, 쇠공이 다 굴러 내려왔을 즈음에는 우산이 찢어져 있었다.

'괴, 굉장하다…… 에르나 선배……!'

그 격렬한 싸움을 문틈으로 보고 사라는 경악했다.

의외로 에르나가 우세했다.

아네트에게는 폭탄을 못 쓴다는 핸디캡이 있지만, 그것을 고려해도 대단했다.

"흥, 에르나가 진심으로 싸우면 이 정도는 여유야."

그녀는 허리에 손을 얹고 가슴을 쭉 폈다.

"자, 아네트. 빨리 항복해. 큰 부상을 입히고 싶지는 않아."

"……."

아네트는 에르나의 쇠공 공격을 막고 재미없다는 듯 바닥에 앉아 있었다.

파손된 우산을 말없이 바라보다가 쑥 일어나 에르나에게 시선을 줬다.

"나님, 에르나가 왜 《신부》에 관심을 보이는지 궁금해요!"

"응?"

갑작스러운 질문에 에르나는 당황하여 눈을 동그랗게 떴다. 별안간 쭈뼛거리기 시작했다.

"그, 그게…… 여, 여러 가지 있어……. 그러는 아네트야말로 이유가 뭐야?"

"나님, 《신부》에는 관심 없어요! 누구와 결혼하든 형님은 나님 거니까요!"

"응? 그럼 아네트는 왜 참가했어?"

"나님은 사라 누님이 《신부》가 되면 좋겠어요!"

어? 하는 목소리를 낸 것은 에르나나 사라나 똑같았다.

사라는 문틈으로 아네트를 봤지만 각도 때문에 그녀의 표정은 보이지 않았다.

"늘 신세 지고 있는 누님에게 은혜를 갚는 거예요! 사라 누님은 자기 마음을 모르는 둔탱이니까요! 나님이 뒷바라지해 줘야 해요!"

아네트는 계속 말했다.

"나님, 그렇게 안 봤는데. 에르나도 사라 누님에게 신세 지고 있으면서. 누님을 제치고 《신부》가 되려고 하다니."

"으, 으……."

에르나가 주춤했다.

설마설마했던 정신 공격이었다.

'보, 본심은 아니겠죠……?'

아마 에르나를 동요시키기 위한 허언일 것이다. 아네트가 엉뚱한 말을 하는 것은 어제오늘 일이 아니었다.

하지만 에르나는 완전히 동요한 것 같았다.

"여, 역시, 에르나도, 사라 언—."

"나님, 허를 찌릅니다!"

"이 녀석 최악이야아아아아아!"

아네트가 즉각 전기 충격기를 들고 달려들었다. 에르나는 소리를 지르며 계단 위로 도망쳤지만 아네트가 그 발을 잡아 일격을 먹이려고 했고—.

"우오오오오오오오오오?! 비켜어어어어!"

—난입자가 나타났다.

지비아는 아무것도 눈치채지 못했다.

냉정하게 돌아봤다면 티아가 탈락했으니 싸울 이유가 없다는 것을 눈치챘겠지만 이때는 혼란에 빠져 있었다. 릴리와 거리를 벌리

느라 필사적이었다.

독가스라는 무기가 왜 성가시냐면 눈에 보이지 않기 때문이다. 복도라는 공간에 얼마나 차 있는지 판단이 되지 않았다. 조금이라도 빨리 도망치는 것이 최선이었다.

전력 질주로 2층 구석에 도달하여 1층으로 가는 계단에 몸을 던졌다.

"어?!" "응?!"

하지만 어째선지 똑같은 타이밍에 에르나가 계단을 뛰어 올라오고 있었다.

에르나는 아네트를 신경 쓰느라 갑자기 나타난 불행을 감지하지 못했다. 어쩌면 스스로 이끌린 걸지도 모른다.

그 결과, 세 사람은 부딪쳤다.

에르나 옆에 있던 아네트까지 크게 충돌했다.

"우오오오!" "노오오오오!" "오요?"

지비아, 에르나, 아네트는 공중에서 균형을 잃고 데굴데굴 계단을 굴렀다. 순간적으로 벌어진 일이라서 누구도 제대로 반응하지 못했다.

—그리고 **그 빈틈이야말로 그레테의 계산이었다.**

"⋯⋯릴리 씨."

2층에서 동료를 내려다보며 그레테는 고했다.

"지금이에요."

"호~이."

릴리는 세 사람을 향해 독가스 분사기를 던졌다.

지비아는 다시 피했지만 에르나와 아네트는 도망치지 못했다. 서로가 도망치지 못하도록 붙잡았기 때문이다. 사이좋게 서로를 방해한 두 사람은 가스를 마시고 바닥에 쓰러졌다.

"오, 월척, 월척."

릴리는 즐겁게 말하며, 쓰러진 에르나와 아네트의 발바닥을 붓으로 간질였다.

두 사람은 울상이 되어 「항복이야!」 「나님, 항복이에요!」 하고 기브업을 선언했다.

"……지비아 씨는 잡지 못했나요."

그리고 그레테는 안뜰 쪽으로 냉담한 시선을 보냈다.

다시 도주할 수밖에 없었던 지비아는 자신들의 실책을 깨달았다.

너무나도 경계심이 없었다. 곧바로 모니카를 탈락시킨 수완을 보고 알아챘어야 했다.

—보충하자면, 이 《신부》 소동이 일어난 것은 『시체』 임무 직전이다. 클라우스에 대한 연심을 폭주시킨 그레테가 급격하게 성장하던 때였다. 멤버들은 아직 그레테를 「지략이 뛰어나지만 체력은 부족한, 변장이 특기인 소녀」 정도로만 생각하고 있었다.

하지만 지비아도 마침내 인식을 고쳤다.

'그레테 녀석, 진심 모드야!!'

궁극 완전체 그레테. 클라우스의 《신부》를 걸고 지금 재능을 폭발시키고 있었다.

【개시 15분―『망아』 아네트, 탈락.】

【개시 15분―『우인』 에르나, 탈락.】

그레테의 수완으로 모니카, 티아, 아네트, 에르나가 탈락하는 압도적인 무쌍 상황에, 다른 소녀가 전에 없이 충만한 고양감을 느끼고 있었다.

"훗, 자신의 재능이 무서워요. 임무 후에 각성하는 타입인 릴리예요."

릴리였다.

그녀는 이미 항복한 아네트와 에르나의 발을 순서대로 간질이며 기세등등했다. 움직이지 못하는 아네트와 에르나가 울상이 되어 발을 버둥거리는 것은 유쾌했다. 전부 그레테의 명령대로 행동했을 뿐인데 재미있게도 적이 줄어들었다.

남은 참가자는 지비아와 사라뿐.

"그레테…… 저 왠지 기분이 좋아요."

릴리는 온화하게 웃으며 파트너에게 말했다.

"덕분에 자신감이 생긴 것 같아요. 원래는 둘만 남으면 팀을 해산하고 싸우기로 약속했지만 이제 됐어요. 《신부》는 그레테에게 양보할게요."

"릴리 씨……!"

그레테가 눈을 크게 떴다.

"저는 그레테의 연애를 응원하니까요. 꼭 선생님과 닭살 커플이 되어 주세요. 고급 디너를 포기하는 건 조금 아깝지만요."

릴리는 우정을 맹세하듯 작게 고개를 끄덕였다.

"그만큼 그레테가 행복해진다면 그걸로 좋아요."

아주 온화한 미소였다.

도중에 에르나가 「속으면 안 돼. 릴리 언니는 반드시 배신해」라고 끼어들었지만 릴리는 가차 없이 에르나의 발바닥을 붓으로 쓸었다. 「노오오오!」 하고 에르나는 몸을 떨며 엎어졌다.

감격한 표정인 그레테의 손을 잡고 릴리는 말했다.

"저는 남은 두 사람을 상대하고 올게요. 괜찮아요. 그레테의 연애를 응원하자고 하면 분명 승리를 양보해 줄 거예요."

남은 멤버라면 설득으로 어떻게든 된다는 것이 릴리의 예상이었다.

사라와 지비아는 원래부터 《신부》에 집착하지 않았던 참가자다. 정도 많다. 릴리가 강하게 주장하면 뜻을 굽힐 터다.

릴리는 그레테의 손을 놓고 「그럼 다녀올게요」라며 걸어갔다.

"……아뇨, 기다려 주세요."

하지만 그레테가 릴리를 만류했다.

"헤?"

"릴리 씨의 다정함은 기쁘지만, 그 방식으로 설득하지 않았으면 해요."

그레테는 분명하게 잘라 말했다.

이상하다는 듯 고개를 갸웃하는 릴리에게 그레테는 고민스러운 얼굴로 가슴 앞에서 깍지를 끼며 「릴리 씨」 하고 물었다.

"지비아 씨와 사라 씨는 정말로 보스에게 특별한 마음이 없을까요?"

"네……?"

"전혀 없다고 단언할 수 있을까요……?"

릴리는 대답하지 못하고 입을 다물 수밖에 없었다.

지비아와 사라가 클라우스에게 연애 감정? 그런 기색을 보인 적은 없다.

하지만 부정할 수는 없었다. 짚이는 것이 있었다.

―여전히 밝혀지지 않은 《신부》.

그 두 사람은 한 번 《신부》로 의심받았었다. 자신이 신부임을 밝히지 않고 가슴속에 간직했던 소녀는 결국 불명인 채였다.

그레테의 목소리는 진지했다.

"만약 거기에 정말로 연모하는 마음이 있다면, 제가 먼저 좋아했다는 이유로 그 마음을 짓밟는 것은 너무나도 오만하고 잔혹하고, 무엇보다 추악하다고 느껴져요."

그녀는 고개를 저었다.

"불안해요……. 두 사람은 너무 상냥하니까……."

사라는 정원에 있었다.

아네트 방의 창문으로 탈출하여 터벅터벅 걷고 있었다. 아무런 생각도 없었다. 자신이 참가하는 이유였던 아네트는 이미 탈락해 버렸다.

매 버나드를 껴안으며 그녀는 한숨을 쉬었다.

'아네트 선배가 했던 말은 진심이었을까요……?'

그녀가 에르나에게 했던 말.

—사라 누님은 자기 마음을 모르는 둔탱이니까요!

그건 진심이었을까. 아니면 에르나를 동요시키기 위한 허언이었을까.

사라는 그 말을 잘 소화할 수 없었다. 가슴속에 계속 남았다.

그때, 실내에서 릴리의 콧노래가 들려왔다.

"흥흥~♪ 멋진 책략가 릴리예요. 그레테의 신뢰를 쟁취했어요. 마음은 아프지만, 이제 남은 멤버를 격퇴하고서 방심한 그레테를 몰래 처리하기만 하면 돼요. ……후후, 완벽한 계획이에요. 이로써 선생님에게 **그 선물을** 건넬 기회가— 으아아아아악! 바닥에서 갑자기 전류가아아아아!"

즐거운 혼잣말 다음에 절규가 들렸다.

황급히 복도로 달려가니 릴리가 몸을 경련시키며 기절해 있었다.

"어? 자멸……?"

천벌이 내린 모양이다.

릴리는 아네트가 설치한 함정을 밟은 것 같았다.

일단 배틀은 계속되고 있었기에 사라는 복도에 들어가서 기절한 릴리를 수갑으로 구속했다. 이로써 릴리는 탈락이리라. 「항복」 선언은 나중에 들으면 된다.

얼추 작업을 끝내고 사라는 다시 한숨을 쉬었다.

'저는 우승할 마음도 없는데…….'

결국 마지막 3인까지 살아남고 말았다.

그냥 「항복」을 선언해 버리자. 그렇게 몇 번이고 생각했지만 어째선지 결심이 서지 않았다.

"제가 왜 이러는 건지 모르겠습다……."

그렇게 중얼거렸을 때, 뒤에서 발소리가 들렸다.

"오? 사라, 네가 릴리를 쓰러뜨렸어?"

지비아였다.

엎어진 릴리를 보고 의외라는 듯 말했다.

"아, 아뇨."

사라는 고개를 흔들어 부정했다.

"릴리 선배는 아무래도 자멸한 것 같슴다."

"그게 뭐야. 릴리답네."

"그러니까 말임다."

두 사람은 구김 없이 웃었다.

다행히 지비아에게 적의는 없는 듯했다. 배틀은 벌어지지 않았다. 그녀도 누군가를 위해 참전했고 그 파트너가 패배했을 것이다.

지비아는 창문에 등을 기대고서 쾌활하게 웃었다.

"뭐랄까, 우리가 살아남아 버렸네."

"그러게요……."

싸움에 소극적인 자신들이 살아남다니 참으로 얄궂은 이야기였다.

사라도 지비아 옆에 서서 벽에 등을 기댔다. 그리고 지비아의 얼굴을 엿봤다.

지비아는 뭔가를 생각하듯 천장을 올려다보고 있었다. 높이 뜬 태양이 그녀의 모습에 그림자를 드리웠다.

둘 다 한동안 아무 말도 하지 않았다.

그저 이 자리에 감도는 공기를 확인하는 듯한 침묵이 계속되었다.

언제 시끄러웠냐는 듯 저택은 고요했다.

"저, 저기!"

먼저 침묵을 깬 사람은 사라였다.

"같이 『항복』하죠. 《신부》는 역시 그레테 선배가 적합함다."

지비아의 존재가 사라의 망설임을 끝냈다.

그녀라면 긍정해 주리라는 기대가 있었다.

"……그렇지."

지비아는 천장을 올려다본 채 고개를 끄덕였다.

"아마 그게 가장 좋을 거야."

“네. 분명 그렇습다.”

“하지만 괜찮겠어?”

“네……?”

“사라, 너도 망설이고 있지? 그 망설임을 무시해도 돼?”

마음의 연한 부분을 찌르는 듯한 질문에 사라는 순간적으로 고개를 숙였다.

자신은―.

“저, 저기.”

쥐어짜듯 목소리를 냈다.

“지비아 선배는 어떻습까?”

“글쎄, 모르겠어.”

지비아는 자조적으로 웃었다.

“다만 아까 진심인 그레테랑 싸우고서 굉장하다고 생각했어.”

“굉장하다고요……? 기술을 말하는 검까?”

“그것도 있지만, 단순히 멋있었어. 자신의 연심을 부끄러워하지 않고 밝히고서 용맹하게 맞서는 게― 물론 이것저것 속에 숨기는 것도 있겠지만.”

지비아는 사라의 어깨에 손을 올렸다.

“우리도 좀 더 솔직해져도 되지 않을까.”

“……!”

“뭐, 나도 내 마음은 잘 모르겠지만.”

지비아는 사라의 어깨를 툭툭 두드렸다.

"강요하진 않아. 먼저 창피를 당할 테니까 내 멋진 모습을 잘 봐."

손을 흔들고서 지비아는 복도를 걸어갔다.

이윽고 지비아는 말했다.

"나는 그레테와 싸우겠어. ―《신부》로서, 당당히 말이야."

사라는 그 뒷모습을 멍하니 배웅했다. 「항복」이라는 말이 자연스럽게 입에서 새어 나왔다.

【개시 35분―『초원』사라, 탈락.】

지비아는 최종 결전 장소를 안뜰로 골랐다.

남은 적은 그레테뿐. 먼저 이동해서 그녀가 오기를 기다렸다. 아무 대책도 없이 그레테가 준비한 곳에 뛰어드는 것은 너무 어리석었다.

탈락한 소녀들도 안뜰에 모여 결말을 지켜보고자 했다.

빠르게 뛰는 고동을 느끼며 지비아는 자신이 《신부》가 된 경위를 떠올렸다.

지비아가 클라우스와의 결혼을 승낙한 이유는 하나였다.

―아직 그레테가 클라우스에게 연심을 품기 전이었다. 나머지는

어쩌다 보니 그렇게 되었다.

빈민가의 소매치기 소동이 있었던 날 밤, 지비아는 릴리의 숨통을 끊기 위해 날뛰고 있었는데 도중에 클라우스가 「아, 그래」 하고 불러 세웠다. 릴리가 클라우스의 방에서 도망친 타이밍이었다.

"지비아, 나와 결혼해 주겠어?"

"뭐, 뭐어어어어어어?! 바, 바보 아니야?!"

영문 모를 말에 혼란스러워했지만 설명을 들어 보니 별것 아니었다. 임무 때문에 서류상의 아내가 필요하다고 했다. 여태껏 다른 사람을 아내로 뒀던 모양이지만 (아마 『화염』의 누군가이리라) 사정이 생겨서 새로운 여성이 필요한 듯했다.

"아, 아니……."

형식상이라고 이해해도 지비아의 얼굴은 뜨거워졌다.

반면 클라우스의 표정은 전혀 변함이 없었다. 쿨 그 자체였다.

"물론 저항감이 든다면 거절해도 돼. 다른 녀석에게 부탁하지."

"어, 응. 그, 그렇지. 근데 왜 나야?"

"아주 실례되는 말이지만, 그다지 선택지가 없었어. 생김새가 너무 어린 사람은 역시 내 아내로 부적합해. 에르나, 사라, 아네트는 어려워. 실수가 많은 릴리에게는 불안이 남아. 그레테는 날 피하는 것 같고. 적합하지 않겠지."

"흐응, 티아는?"

"내가 내키지 않아."

"본인이 들으면 울걸?"

"싫지는 않지만, 그 녀석이 아내인 건 묘하게 적나라한 느낌이 드니까. 그래서 모니카 아니면 너야. 네가 거절하면 모니카에게 부탁할 생각이야."

그의 어조에서 특별한 마음은 느껴지지 않았다.

철저히 프로페셔널했다. 그런 자세로 부탁하니 도망치기도 뭐했다. 앞으로 자신도 스파이 세계에 몸을 던진다. 위장 결혼 따위에 당황할 순 없었다.

지비아는 「뭐, 좋아」 하고 승낙했다.

"아, 하지만 다른 동료들한테는 비밀로 해 줘. 놀리면 창피하니까."

"알겠어. 비밀로 해 두지."

"그래, 부탁해. 무조건 릴리가 놀릴 거야."

"그렇겠지……. 하지만 들키지 않을 거야. 그 녀석들이 내 호적을 조사할 이유가 없어. 혼인 신고서를 위조해서 구청에 제출하는 녀석이 있다면 또 모르지만."

"그런 미친 짓을 하는 녀석이 있을 리가 없잖아."

"어째선지 직감적으로 그런 일이 있을 거란 예감이 들지만…… 그렇지, 역시 기분 탓일 거야."

"아하하! 당신도 농담을 하는구나."

—이 대화를 나누고 사흘 후에 그레테는 클라우스에게 반하고, 두 달 후에 혼인 신고서를 위조한다.

《신부》 소동이 일어났을 때, 지비아가 제일 먼저 느낀 것은 그레테에 대한 미안함이었다. 그녀의 연심을 알면서도 위장 결혼을 밝히지 않았던 것이 미안했다. 줄곧 밝히려고 했었지만 언제 밝히면 좋을지 알 수 없었다.

그래서《신부》논의가 난항에 빠졌을 때 지비아는 유도했다.

―누가《신부》여도 상관없지 않아?

예상대로 릴리가 덥석 물었다. 그렇다면 새로 정해 버리면 된다고.

지비아는 안도하며 가슴을 쓸어내렸다.

로얄 전야, 지비아는 클라우스의 방을 찾았다.

지비아가 방에 들어가자 클라우스는 기다렸다는 듯 바로 말했다.

"미안하다."

책상 앞에 앉아 서류를 보던 그는 고개를 들고 지비아에게 시선을 보냈다.

"설마 너와의 결혼이 이런 말썽을 일으킬 줄은 예상 못 했어."

"아냐, 어쩔 수 없지. 그레테의 폭주는 누구도 예측 못 해."

지비아는 쓴웃음을 지으며 책상 앞 의자에 앉았다.

"먼저 말해 두는데― 나는《신부》를 사퇴할 예정이야."

"그런가."

"티아를 위해서 로얄에 참가할 거지만 나 자신이 우승할 마음은 없어. 상관없지?"

그것이 지비아가 낸 결론이었다.

적어도 자신이 우승을 노릴 이유는 어디에도 없었다.

"뭐, 당신 부인 역할을 한 건 한 번뿐이었지만."

"그랬지. 하룻밤뿐이었어."

불가능 임무 직전에 사교 파티에 참가하는 임무가 있었다. 릴리가 알아낸, 미식가가 주최한 만찬회였다. 만찬회 뒤에서 정치가와 제국 스파이가 밀회를 가졌었다.

아내를 동반하지 않으면 경계 당할 거라 예상한 클라우스는 지비아를 데리고서 만찬회에 잠입했다. 그사이에 지비아는 오케스트라의 라이브 연주를 들으며 호화로운 로스트비프를 맛있게 먹었을 뿐이었다. 그게 다인 임무였다.

그렇게 되돌아보고 있으니 클라우스가 「지비아」 하고 불렀다.

응? 하고 쳐다보자 그는 책상에서 뭔가를 꺼냈다.

"실태가 없는 형식상의 결혼이었다고는 하지만 너는 내 아내였어. 그런데 나는 선물 한 번 안 줬다는 걸 깨달았어."

클라우스는 빨간 포장지에 싸인 작은 상자를 내밀었다.

"답례다. 나와 결혼해 줘서 고마워."

그 자리에서 개봉하니 작은 설탕 과자가 들어 있었다. 병에 든 다채로운 과자가 마치 별처럼 반짝였다.

「……응, 땡큐」 하고 고개를 끄덕이고서 지비아는 클라우스 곁을 떠났다.

생각해 보면 그때 이미 지비아는 뭔가를 느끼고 있었다.

자신도 어떻게 표현하면 좋을지 알 수 없는— 마음에 구멍이 뚫린 듯한 감정을.

싸움은 끝을 맞이하려고 했다.

지비아가 기다리는 정원에 이윽고 그레테가 나타났다. 그녀는 우아한 발걸음으로 클레마티스 화단 옆을 걸어왔다. 그녀의 구두가 돌바닥을 밟는 소리가 울렸다.

아지랑이 펠리스의 정원 중앙에는 동그란 가든 테이블이 놓여 있었다. 가끔 멤버 중 누군가가 여기서 차와 과자를 먹었다. 그레테와 지비아가 둘이서 치즈케이크를 먹은 적도 있었다. 무슨 이야기를 했었는지는 둘 다 잊어버렸다.

지비아와 그레테는 그 원형 테이블을 사이에 두고 섰다. 다른 소녀들이 그 주위를 둘러싸고서 마른침을 삼키며 지켜보았다.

'설마 당당히 나타날 줄은 몰랐어.'

지비아는 생각했다.

'정면으로 싸우면 불리하다는 걸 그레테는 알고 있을 터. 책략이 있겠지.'

'—라고 지비아 씨는 생각하고 있겠죠.'

그레테도 머리를 굴렸다.

'격투에 관해서는 제일가는 센스를 가지고 있으니까요. 제대로

싸우면 패배는 불가피해요……'

두 사람은 말없이 서로를 바라보며 생각했다.

'이대로 돌격할까? 그레테가 반응할 수 없는 속도로.'

'─라고 생각해서 달려들면 제 패배는 확실하겠죠……'

'아니, 어려워. 저 태도를 보면 자신 있는 건 명백해.'

'─라고 상대가 착각하도록 여유로운 표정을 무너뜨려서는 안 돼요.'

'아~ 모르겠어! 그냥 내 감각을 믿고 돌격할까?'

'─라고 상대가 생각을 그만둬도 저는 질 가능성이 커요……'

지비아의 신체 능력과 그레테의 두뇌가 맞부딪치려고 했다.

상황만 보면 지비아가 압도적으로 유리했다. 오른손을 못 써도 그레테를 제압하기에는 충분했다. 하지만 그것을 뒤집는 것이 그레테의 두뇌였다.

서로 속내를 살피는 시간이 한동안 흘렀다.

"뭔가 긴장되네."

그 팽팽한 분위기 속에서 지비아가 웃음을 흘렸다.

"솔직히 이런 대진표가 될 줄은 생각도 못 했어."

"……역시 지비아 씨도《신부》자리를 양보 못 하는 마음이 있는 거군요."

그레테는 고요한 눈으로 바라보았다.

"엉뚱한 질문을 해도 될까요……?"

"좋아. 무슨 질문을 할지는 대충 알겠지만."

"지비아 씨가《신부》인가요……?"

"맞아."

지비아는 고개를 끄덕였다.

"내가 현재 《신부》야. 그 녀석과 결혼했어."

주위에서 동요한 목소리가 일었다.

그레테만이 알고 있었다는 듯 고개를 끄덕였다.

"……역시 지비아 씨도 보스에게 마음이 있는 거군요."

"어? 아니아니, 그렇게 뭉뚱그리지 마! 뭉뚱그리지 마!"

얼굴을 붉히며 지비아가 손을 내저었다.

"뭐랄까, 어쩌다 보니 그렇게 됐어. 그레테, 잠시 얘기를 들어 줄래?"

"……네."

"나는 네 사랑을 응원하고 있어."

지비아는 수줍어했다.

"그건 거짓말이 아니야. 진짜야. 내가 그 남자에게 반했냐고 묻는다면, 솔직히 미묘해. 아마 아닐 거야. 하지만 사람의 감정이잖아. 흑과 백, 1과 0처럼 딱 떨어지게 나눌 수 없어. 하지만 싫어하지 않는다는 건 확실해. 그 녀석은 강하고, 존경해. 너무 마이페이스인 점은 좀 고쳤으면 하지만. 그게 본심이야."

"……"

"《신부》는 양보하고 싶지 않아. 어쩌다 보니 된 거지만 역시 버리기엔 아까워. 그 녀석과 나가는 건, 분하지만 마음이 편해. 불합리하다고 느낄지도 모르지만, 그건 너의 사랑을 응원하는 것과 모순되지 않는다고 생각해."

가슴에 품은 생각을 단숨에 토해 내듯 지비아는 잘라 말했다.

다른 소녀들도 놀리는 듯한 발언을 전혀 꺼내지 않았다. 지금까지의 그녀들의 행적을 생각하면 기적에 가까운 현상이었다.

"아뇨, 지비아 씨의 본심을 들어서 후련한 기분이에요……."

그레테는 온화하게 웃었다.

"지비아 씨도 보스에게 『푹 빠진』 상태군요……."

"내 얘기 들은 거 맞아?"

"농담입니다……. 지비아 씨의 상냥함을 의심한 적은 한 번도 없어요……."

그레테는 과거를 그리워하듯 가슴에 손을 얹었다. 보물을 품는 것 같은 동작이었다.

"《신부》 입장을 양보받을 생각은 없습니다. 저는 모두의 마음과 정면으로 부딪치고 싶어요."

"그런가, 너답네."

"하지만 물론 《신부》 자리는 갖고 싶어요. 제멋대로라고 하더라도 보스의 마음에 조금이라도 다가가고 싶어요……. 제 인생을 인정해 준 그분에게."

그레테는 살며시 팔을 벌렸다.

"……온몸과 마음을 다해 상대하겠어요."

"그래. 서로 원망하지 않는 거다?"

응어리는 없어졌다는 듯 지비아가 주먹을 들었다.

그레테도 자세를 낮추고 요격 태세를 취했다.

—그리고 지비아가 땅을 박찼다.

다른 소녀들이 숨을 멈췄다.

지비아가 고민 끝에 내린 결론은 사고 정지였다. 수읽기로는 그레테에게 이길 수 없다고 포기하고 순수한 신체 능력으로 싸우자고 결단했다. 그리고 그것은 그레테가 가장 경계했던, 지비아가 낼 수 있는 최적의 해답이었다.

하지만 그것 또한 그레테가 상정했던 범위였다.

설령 압도적으로 불리하더라도 승기는 있다.

최종 결전이 정원에서 이루어질 것을 그레테는 예측했었다.

실내 복도에는 릴리의 독가스가 가득하다. 독가스를 경계한 적이 정원으로 장소를 옮기는 것은 당연했다. 자신의 신체 능력을 발휘하고 싶은 자라면 가장 잘 움직일 수 있는 테이블 부근으로 간다.

상대를 붙잡을 와이어 트랩은 한참 전에 준비해 뒀다.

그레테는 망설이지 않고 그것을 기동시켰지만—.

"——!"

지비아의 속도가 생각보다도 빨랐다. 망설임을 떨쳐 내고 더 속도가 오른 걸까.

그레테는 다시 계산하여 대응했다. 두 사람의 사방에서 와이어가 사출되었다.

와이어가 지비아를 묶는 것이 먼저인가—.

아니면 지비아가 그레테의 목을 찌르는 것이 먼저인가—.

"항복이야." "……항복입니다."

답은 동시였다.

조용히 지켜보던 소녀들은 눈앞의 광경에 아연해졌다.

와이어가 지비아의 목에 감겼고, 지비아의 손톱이 그레테의 경동맥에 닿아 있었다. 실전이었다면 상대의 목숨을 빼앗았을 것이다. 두 사람은 그것을 인정하여 패배를 말했다.

"이게 뭐야."

먼저 웃은 사람은 지비아였다.

"이렇게 싸워 놓고 승자가 없다니."

"……훌륭합니다."

그레테도 미소 지었다.

"……빠르네요, 지비아 씨는."

"안 기뻐. 전부 네 예상대로잖아."

"……후후, 아뇨, 눈으로 좇을 수 없는 일격이었어요."

맞부딪칠 듯 가까운 거리에서 두 사람은 웃었다. 왠지 참을 수 없이 웃음이 났다. 이윽고 자연스럽게 몸에서 힘이 빠지며 땅에 쓰러져 웃었다.

【개시 55분─『백귀』지비아, 탈락.】

【개시 55분─『애랑』그레테, 탈락.】

주위에서는 아낌없는 박수를 보냈다.

티아가 「둘 다 굉장했어」라며 상냥하게 말했고, 사라가 흥분한 모습으로 「뭐, 뭔가 감동했습다」라고 말했다. 에르나가 분한 얼굴로 「응…… 한 번 더 하고 싶어」라며 주장했고, 아네트가 「나님, 누님들을 다시 봤어요!」라며 웃었다.

쓰러진 지비아와 그레테를 향해 칭찬의 말을 건네는 소녀들.

그 무리에서 모니카 혼자 떨어져 재미없다는 모습이었다.

"아니, 결국 《신부》는 어떻게 되는 거야? 설마 재시합이라도―."

모니카가 어이없어하고 있을 때였다.

"어라? 벌써 끝나 버렸나요?"

이 자리에 어울리지 않는 밝은 목소리가 들렸다.

소녀 전원이 시선을 옮기니 릴리가 얼떨떨한 모습으로 서 있었다. 뒤쪽으로 수갑이 채워진 채 입을 벌리고 있었다.

"어…… 제가 기절한 사이에 무슨 일이 있었던 거죠?"

「그러고 보니」 하고 티아가 중얼거렸다.

"릴리의 『항복』 선언 들은 사람?"

전원이 고개를 가로저었다.

그랬다. 릴리는 함정에 걸려 기절했을 뿐, 『항복』이라고 말하지 않았다.

즉, 릴리는 탈락하지 않았다.

"""""""……………."""""""

소녀들은 모든 것을 알아차리고 굳었다.

이건 정말 바라던 것과는 너무나도 다른 결말이었다.

"어, 으음."

릴리가 식은땀을 흘렸다.

"그, 그러면, 하, 한 번 더—."

"우승자가 확정된 모양이군."

그때, 아무런 인기척도 없이 클라우스가 나타났다. 아침부터 모습이 안 보였지만 어디선가 방첩 임무를 수행하고 왔을 것이다. 소매에 살짝 피가 튀어 있었다.

그는 모든 것을 헤아린 것처럼 고개를 끄덕였다.

"설마 릴리가 우승할 줄이야. 훌륭해. 실은 다음 임무에 대비하여 지금부터 사전 준비에 착수해야 해. 릴리, 지금 당장 혼인 신고서를 내러 가자."

클라우스가 릴리의 팔을 잡아당겼다.

뒤에 남은 소녀들은 멍하니 그들을 배웅했다.

그 후 「이게 뭐야아아아아아아아아아아아아!!」 하는 외침이 울렸다.

【신부 로열 우승자—『화원』 릴리.】

◇◇◇

　소녀 전원이 「아니아니아니아니아니아니아니아니」 하고 맹렬하게 항의했지만 클라우스는 릴리를 데리고 나가기로 했다. 규칙상 그녀가 우승했으니 어쩔 수 없었다.

　릴리 자신도 「어? 어어? 저요?」 하고 당황스러워했지만 클라우스는 무시했다. 당장 이혼 신고서와 새로운 혼인 신고서를 제출하여 호적을 갱신해야 했다.

　구청에서 절차를 밟는 동안에도 릴리는 멍해 있었다. 때때로 「아아」 「으으」 하고 끙끙거리며 「저택에 돌아가면 무조건 혼날 거예요」 하고 어깨를 떨궜다.

　돌아가는 길에도 릴리의 태도는 변함없었다.

　도중에 지름길인 공원을 지나기로 했다. 석양을 받아 분수가 반짝였고 주위 커플들이 환호성을 질렀다. 하지만 릴리는 발치만을 바라보았다.

　발걸음이 무거운 릴리를 보고 클라우스는 한숨을 쉬었다.

　"일단 너는 《신부》가 되고 싶어 했었잖아? 낙담할 필요는 없을 텐데."

　"저도 분위기 파악할 눈치 정도는 있어요! 동료들이 경악했어요!"

　"기뻐하도록 해. 실제로 호화 디너를 먹을 수 있는 임무는 많지 않지만."

　"우승한 의미가 없어!"

릴리는 클라우스에게 항의했다.

묵살하니 이내 화제를 바꾸듯 불렀다.

"저기요, 선생님."

"왜?"

"선생님은 누가 《신부》가 되길 원했나요?"

의도한 것은 아니겠지만 마침 분수의 정면이었다. 공중에 흩날린 물이 안개가 되어 릴리의 머리카락을 살짝 적셨다.

그게 신경도 안 쓰이는지 릴리는 질문을 거듭했다.

"아니, 더 나아가서 선생님은 모두를 어떻게 생각하고 있나요?"

"……."

단순히 호기심으로 묻는 것이 아님을 알았다.

클라우스는 발을 멈추고 정직하게 전하기로 했다.

"성실한 거리감으로 대하고 싶어."

솔직한 본심이었다.

"젊은 남녀가 많은 시간을 함께하면 연애 사정도 생겨나겠지. 하지만 너희는 아직 어린 소녀야. 그 다감한 마음을 교관의 입장을 이용하여 갖고 놀고 싶지는 않아."

클라우스는 고했다.

"나는 너희 중 누구와도 사랑에 빠지지 않아. ─다만 행복해졌으면 좋겠다고 강하게 바라고 있어."

그것이 그의 근저에 있는 생각이었다.

물론 거리감 때문에 고뇌하는 일은 늘 있었다. 그레테에게 마음이 있는 것처럼 굴었을까 불안해지거나, 티아의 성적인 유혹에 넌더리를 내기도 했다. 소녀들의 안전을 걱정하여 상담에 응할 때는 그녀들의 마음에 어디까지 들어가면 좋을지 생각했다.

하지만 되돌아오는 곳은 하나였다.

자신은 그녀들의 교관이 되었다. ―그녀들을 이끄는 것이 자신의 일이다.

그래서 그는 「걱정하지 마, 릴리」하고 말했다.

"음?"

"임무는 한동안 나 혼자 할 거야. 만약 너희가 남들처럼 연애를 경험하고 싶다면 밖에 나가도 돼. 물론 훈련에도 힘써 줬으면 하지만."

"네⋯⋯?"

"너희는 청춘을 누릴 권리가 있어. 그걸 버리지 마."

"⋯⋯."

클라우스는 그녀들이 열심히 《신부》를 찾는 모습을 목격했다. 훈련과 임무만 강요했다며 반성했다. 그녀들에게 좀 더 많은 여유를 줘야 한다.

"선생님."

그러자 릴리가 고개를 저었다.

"그건 틀렸어요."

"틀렸다고?"

"실은 어제 했던 말이 줄곧 신경 쓰였어요. 나이에 걸맞은 청춘을 누리라고 했잖아요."

클라우스도 떠올렸다. 소녀들이 《신부》에 관해 캐물었을 때, 그는 말했다.

—나이에 걸맞은 청춘을 누려도 좋아. 요 두 달간 그럴 시간도 없었을 테지.

"있었어요, 전부."

릴리는 주머니에서 녹음기를 꺼냈다.

"《신부》를 찾으면서 모두가 했던 이야기를 몰래 녹음했어요. 드릴게요."

"……."

"들어 보시면 알 거예요. 저희가 아주 욕심쟁이고 무엇도 버리지 않았다는 걸요. 목숨을 건 임무 중에도 떠들고, 헤매고, 사랑하고, 우정과의 사이에서 고뇌하는 나날은 있었어요."

릴리는 고했다.

"선생님은 너무 물러요. 선생님은 이미 저희에게 넘치는 청춘을 주고 있어요."

같은 시각, 노을이 비쳐 드는 아지랑이 팰리스—

식당에서 지비아가 그레테와 티아 사이에 끼어 소리 지르고 있었다.

"그러니까! 몇 번이나 말했잖아! 딱히 사랑이 아니야! 그저 그 녀

273

석과 함께 있는 것도, 그건 그것대로 즐거울 뿐—."

"……아뇨, 보스가 얼마나 멋진지 공감받는 것만으로도 저는 기뻐요."

"안심하렴. 남성을 꼬시는 방법을 가르쳐 줄게. 그레테와 함께 단련해 주겠어."

"실수로라도 너한테는 부탁 안 해!"

1층 복도에서는 룰루랄라 걸어가는 아네트를 사라가 안절부절못하며 쫓고 있었다.

"저, 저기! 아네트 선배. 결국 저랑 한 팀이 된 이유는……."

"나님, 비밀이에요!"

"으으…… 그걸 어떻게 좀 가르쳐 주셨으면 한다."

"나님, 입에 지퍼 잠글 거예요! 둔한 누님에게는 아직 말하지 않아요!"

안뜰에서는 언짢은 모습으로 독서하는 모니카에게 에르나가 용기를 내 말을 걸고 있었다.

"모, 모니카 언니!"

"네가 나한테 말을 걸다니 웬일이야."

"호, 혹시 괜찮으면, 그게, 에르나의 고민을 들어 줬으면 해. 연애 상담……."

"……사라나 그레테한테 부탁하면 안 돼?"

"응. 아, 아마 안 될 것 같아."

"……아, 그래. 하지만 나도 무리야. 티아한테 부탁하지 그래?"

"그게 가장 위험할 것 같아!"

소녀들의 마음은 상냥하게 교차한다.

그녀들은 아무것도 잃지 않는다.

"임무에 데려가 주세요."

공원의 분수 앞에서 릴리는 못을 박듯 말했다.

"좀 더 어른으로 취급해 주세요. 스파이로서도, 한 명의 여성으로서도."

릴리의 맑은 눈은 똑바로 클라우스를 보고 있었다.

클라우스는 작게 숨을 들이켰다. 어깨를 살짝 올렸다. 시야 끄트머리에서 반짝이는 물보라가 입술에 닿았다. 조금 시선을 드니 저물 듯 저물지 않은 하늘에 하얀 달과 금성이 보였다. 다시 시선을 내려 릴리를 보았다. 그녀는 눈 한 번 깜빡이지 않았다.

들은 말을 마음속에서 반추했다. 좀 더 어른으로 취급해 주세요.

—일주일 후, 클라우스는 상층부로부터 암살자 『시체』 포박 임무를 받고 고민 끝에 소녀들을 임무에 참가시키기로 결단을 내린다. 또한 어프로치가 과격해진 그레테의 공세에 그 연심과 정면으로

마주하게 된다.

—이 사실들에 릴리의 말이 얼마나 영향을 줬는지는 아무도 모른다.

클라우스는 가볍게 눈을 감으며 「—극상이야」라고 말했다.

"치, 뭐예요?"

릴리가 뺨을 부풀렸다.

"제대로 대답해 주세요! 10년에 한 번 보는 초레어, 진지한 릴리였다고요."

"어른 취급을 받고 싶으면 나한테 이기고 나서 말해."

"난이도가 높아?!"

"뭐, 일단 생각해야 할 건 저녁밥이겠지. 가끔은 내가 대접하겠어. 뭐가 좋지?"

"어?! 저는 스테이크 먹고 싶어요!"

"태세 전환이 빨라서 고맙군."

"고~기! 고~기! 고~기!"

"그 이상한 콜을 마음에 들어 하지 말래도."

그들은 한동안 떠들썩하게 말을 주고받으며 공원을 나아갔다.

그것은 적히지 않을 그들의 기록이다.

오랜만에 뵙습니다. 타케마치입니다.

드래곤매거진 연재소설 네 편을 대폭 가필·수정하고, 새로운 단편 하나와 이것저것을 더한 단편집입니다.

시계열을 따지면 1권부터 2권 서두까지의 이야기입니다. 1권에서는 그려지지 않았던 소녀도 많기에 이 단편집을 포함해서 생물 병기 탈환 임무 완전판이라고 생각해 주시면 좋겠습니다.

이 단편집의 또 다른 타이틀은 『스파이 교실 러브 코미디편 ①』입니다.

스파이 교실의 본편은 약 300쪽 안에 이야기를 꼭꼭 눌러 담는 방침이라 소녀들의 일상이나 연심을 별로 그릴 수 없다는 고민이 있었습니다. 「선생님에게 러브레터를 보내자!」보다도 「선생님 방에 폭죽을 던지자!」 쪽이 백배 어울리는 소녀들. 앞으로도 본편에서는 많이 할애할 수 없을 것 같고, 단편으로 그리게 되어 후련합니다.

「『등불』의 소녀는 클라우스를 어떻게 생각하는가?」라는 의문을 염두에 두면서 쓴 다섯 개의 단편입니다. (모니카는 평소와 똑같지만, 모니카니까요)

물론 세상에 넘쳐 나는 러브코미디와 비교하면 러브 요소가 약하지만, 그래도 본편보다는 소녀들의 마음에 다가가는 이야기였다고 생각합니다.

사라, 지비아, 모니카, 그레테를 중심으로 한 단편집이었습니다.

(겸사겸사 해설. 독자의 99%가 잊어버렸겠지만 언급해 두자면 case 모니카에서 나오는 이브라는 여성은 본편 1권 4장에서도 등장합니다. 가장 인상적인 대사는 「아폐」)

이어서 감사 인사입니다. 본편에 이어 멋진 일러스트를 그려 주신 토마리 선생님. 본편과는 또 다른 귀여움이 있는 소녀들을 그려 주셔서 감사합니다. 제게 오는 일러스트를 항상 기대하고 있습니다.

마지막으로 차회 예고? 만약 단편집②를 내게 된다면 다음은 아네트, 티아, 에르나, 릴리가 중심일 겁니다. ①보다도 더 러브 코미디가 어울리지 않을 듯한 아이들이 늘어서 있네요. 애초에 단편집을 낼 수는 있겠……죠? 아마도.

그럼 이만.

타케마치

스파이 교실 단편집 1
신부 로얄

초판 1쇄 발행 2022년 2월 20일

지은이_ Takemachi
일러스트_ Tomari
옮긴이_ 송재희

발행인_ 신현호
편집장_ 김승신
편집진행_ 권세라 · 최혁수 · 김경민 · 최정민
편집디자인_ 양우연
관리 · 영업_ 김민원

펴낸곳_ (주)디앤씨미디어
등록_ 2002년 4월 25일 제20-260호
주소_ 서울시 구로구 디지털로 26길 111 JnK디지털타워 503호
전화_ 02-333-2513(대표)
팩시밀리_ 02-333-2514
이메일_ lnovellove@naver.com
ㄴ노벨 공식 카페_ http://cafe.naver.com/lnovel11

SPY KYOSHITSU TANPENSHU Vol.1 HANAYOME ROYALE
©Takemachi,Tomari 2021
First published in Japan in 2021 by KADOKAWA CORPORATION, Tokyo.
Korean translation rights arranged with KADOKAWA CORPORATION, Tokyo.

ISBN 979-11-278-6342-5 04830
ISBN 979-11-278-6341-8 (세트)

값 10,000원

스파이 교실 1~4권

타케마치 지음 | 토마리 일러스트 | 송재희 옮김

아지랑이 팰리스 공동생활 규칙.
하나, 일곱 명이 협력하여 생활할 것.
하나, 외출 시에는 진심으로 놀 것.
하나, 온갖 수단으로 나를 쓰러뜨릴 것.

—각국이 스파이로 그림자 전쟁을 벌이는 세계.
임무 성공률 100%, 그러나 성격에 난점이 있는 뛰어난 스파이, 클라우스는
사망률 90%를 넘는 「불가능 임무」 전문 기관 「등불」을 창설한다.
하지만 선출된 멤버는 실전 경험이 없는 소녀 일곱 명.
독살, 함정, 미인계— 임무를 달성하기 위해 소녀들에게 남은 유일한 수단은
클라우스를 속여 이기는 것이다!

1대7 스파이 심리전! 통쾌한 스파이 판타지!!

고블린 슬레이어 1~15권

카규 쿠모 지음 | 칸나츠키 노보루 일러스트 | 박경용 옮김

"나는 세상을 구하지 않아. 고블린을 죽일 뿐이다."
그 변경의 길드에는 고블린 토벌만 해서
은 등급까지 올라간 희귀한 모험가가 있다…….
모험가가 되어 처음 짠 파티가 괴멸하고 위기에 빠진 여신관.
그때 그녀를 구해준 자가 바로 고블린 슬레이어라 불리는 남자였다.
그는 수단을 가리지 않고, 수고도 마다치 않으며 고블린만을 퇴치한다.
그런 그에게 여신관은 휘둘려 다니고, 접수원 아가씨는 감사하며,
소꿉친구인 소치기 소녀는 기다린다.
그런 가운데 그의 소문을 듣고서 엘프 소녀가 의뢰를 하러 나타났다—.

**압도적 인기의 Web 작품이 드디어 서적화!
카규 쿠모 × 칸나츠키 노보루가 선물하는 다크 판타지, 개막!
TV 애니메이션 방영작!**

L BOOKS

모험가가 되고 싶다며
도시로 떠났던 딸이 S랭크가 되었다 1~10권

모지 카키야 지음 | toi8 일러스트 | 김성래 옮김

고향 시골에서 은퇴 모험가 생활을 보내던 벨그리프는
숲에서 주운 소녀를 안젤린이라 이름 붙여서 친딸처럼 키웠다.
벨그리프를 동경하여 도시로 떠나 모험가가 된 안젤린은
길드에서 최고위《S랭크》까지 올라 분주한 나날을 보낸다.
어느덧 5년이 지나 안젤린은 힘겹게 장기 휴가를 내서
정말 좋아하는 아빠 벨그리프를 만나러 가려 하지만
느닷없이 마물 토벌에 동원된다거나 도적단과 맞닥뜨리며
좀처럼 귀로에 오를 수가 없었다.

"도대체 나는 언제쯤이면 아빠랑 만날 수 있는 거야……!"

따뜻한 이야기와 모험이 가득한 하트풀 판타지!!

라이트노벨의 새로운 빛! L북스의 신간은 매월 20일에 발매됩니다. http://cafe.naver.com/lnovel11

©KUROKATA 2019
Illustration : KeG
KADOKAWA CORPORATION

치유마법의 잘못된 사용법 1~11권

쿠로카타 지음 | KeG 일러스트 | 송재희 옮김

평범한 고등학생 우사토는 귀갓길에 우연히 만난 학생회장 스즈네,
같은 반 친구인 카즈키와 함께 갑자기 나타난 마법진에 삼켜져
이세계로 전이하게 된다.
세 사람은 마왕군으로부터 왕국을 구하기 위한 『용사』로서 소환된 것이지만
용사 적성을 가진 이는 스즈네와 카즈키뿐. 우사토는 그저 휘말린 것이었다!
하지만 우사토에게 희귀한 속성인 『치유마법사』의 능력이 있다고 밝혀지며
사태는 180도 바뀌게 되고, 우사토는 구명단 단장이라는 여성, 로즈에게 납치되어
강제로 구명단에 가입하게 된다.
그곳에서 우사토를 기다리고 있던 것은 험악한 얼굴의 동료들,
그리고 『치유마법의 잘못된 사용법』을 구사하는
지옥훈련으로 채워진 나날이었다―.

**상식 파괴 「회복 요원」이 펼치는
개그&배틀 우당탕 이세계 판타지, 당당히 개막!!**

라이트노벨의 새로운 빛! L북스의 신간은 매월 20일에 발매됩니다. http://cafe.naver.com/lnovel11

세계 최고의 암살자,
이세계 귀족으로 전생하다 1~5권

츠키요 루이 지음 | 레이아 일러스트 | 송재희 옮김

세계 제일의 암살자가 암살 귀족의 장남으로 전생했다.
그가 이세계에서 맡은 임무는 단 하나.
【인류에게 재앙을 가져온다고 예언된 《용사》를 죽이는 것】.
그 고귀한 임무를 완수하기 위해 암살자는 아름다운 종자들과 함께
이세계에서 암약한다.
현대에서 온갖 암살을 가능케 했던 폭넓은 지식과 경험,
그리고 이세계 최강이라고 칭송받는 암살자 일족의 비술과 마법.
그 모든 것이 상승효과를 낳아 그는 역사상 견줄 자가 없는 암살자로
성장해 나간다.
"재밌군. 설마 다시 태어나서도 암살하게 될 줄이야."

전생한 「전설의 암살자」가 한계를 돌파하는
어쌔신즈 판타지!!

라이트노벨의 새로운 빛! L북스의 신간은 매월 20일에 발매됩니다. http://cafe.naver.com/lnovel11

© Kizuka Nero 2020
Illustration : Sinsora
KADOKAWA CORPORATION

두 번째 용사는 복수의 길을 웃으며 걷는다 1~8권

키즈카 네로 지음 | 신소라 일러스트 | 김성래 옮김

무엇을 잘못했을까.
용사로 이세계에 소환되었던 나― 우케이 카이토는 자문자답한다.
아무쪼록 도와 달라고 간청하는 말을 따라서 용사가 된 나는
마왕을 쓰러뜨림으로써 이 세계를 구원했지만…….
이제 볼일은 끝났다는 듯이 파티원 모두가 배반했다.
고락을 함께했고 동료라고 여겼던 놈들에게 누명을 씌워진 채
나는 끝내 살해당했다.
죽음을 맞이하는 순간, 나는 구원을 바라는 대신
이것들을 괴롭히고 괴롭힌 끝에 죽여버리겠다고 저주했다.
―정신을 차렸을 때, 나는 이세계에 소환되었던 때로 돌아와 있었다.
배반자에게 살해당했던 기억을 지닌 채.
이놈들 전부 기필코 다 죽여버리겠다!
가장 잔혹한 방법으로, 한 조각의 구원도 없는
고통과 비명의 피 구렁텅이에 빠뜨려서 죽여주겠다!!

―자, 복수를 시작하자.

라이트노벨의 새로운 빛! L북스의 신간은 매월 20일에 발매됩니다. http://cafe.naver.com/lnovel11